陆复渊 —— 著

张家弄人家

中国言实出版社

图书在版编目（CIP）数据

苏家弄人家 / 陆复渊著. -- 北京：中国言实出版
社，2022.1
ISBN 978-7-5171-4018-4

Ⅰ.①苏… Ⅱ.①陆… Ⅲ.①散文集—中国—当代
Ⅳ.①I267

中国版本图书馆CIP数据核字(2022)第017049号

苏家弄人家

责任编辑：郭江妮
责任校对：王建玲

中国言实出版社出版发行
地址：北京市朝阳区北苑路180号加利大厦5号楼105室（100101）
编辑部：北京市海淀区花园路6号院B座6层（100088）
电话：64924853（总编室）　　64924716（发行部）
网址：www.zgyscbs.cn
E-mail: zgyscbs@263.net

经销：新华书店
印刷：阳谷毕升印务有限公司
版次：2022年4月第1版　　2022年4月第1次印刷
规格：880毫米×1230毫米　　1/32　　9.25印张
字数：157千字

定价：56.00元
书号：ISBN 978-7-5171-4018-4

自　序

这是继《心醉莲花岛》后，我的第二本散文集子。

本集文章，过半在各地报刊登载过，且有三分之二内容是萦怀乡愁的。

这些年，我并未停止忙碌，为家乡编纂了三部地方志书，计有 160 万字。集中小文，是我利用罅隙而作的。

起名《苏家弄人家》，意在倾吐我对家乡的思恋。那些对苏州、对吴中、对故土的美好记忆和现实所见，无时不在吸引我、催促我。

集中随附的域外游记是我的游历记录，文中照片亦为现场所摄。受"特殊年代"所限，原有的几篇小文不便收入，此憾只能以后再补。

我至今围绕故土，以往和当今诸多，自在脑中存留。如今，桑梓嬗变，总是让我难以搁笔。

本集，仍自己写序、题签，此次还做了设计封面。我委实不敢打扰于人，想想出本小集，还是由自己勉力为好。

作者　于 2021 年 孟秋

目录
CONTENTS

1

故土

苏家弄人家

1. 老 丁

老丁的家在苏家弄 7 号。自 1940 年祖上买下这处老屋后，他家几代人就一直住在那里。

老丁生于 1930 年，年少时，因其父亲曾是观前街一家药房的经理，使他得以在苏州城内读书至初中毕业，这在当时的家乡集镇上已是屈指可数了。后来，他在苏州一家药店当学徒，再去上海药房就业。

他是 1945 年 9 月参加工作的。上海解放前夕，他工作在南京路上振亚药房。此药房内中共地下党组织，正组织职工开展护守药房的斗争。当时，老丁年少气壮，成了地下党外围组织的积极分子，为守护药房、迎接上海解放出了一份力。

新中国成立后，他先后在上海医药公司和中化工上海分公司工作。他工作认真，1956年7月加入了中国共产党。

在上海化工分公司工作期间，他负责医疗器械进出口业务，每年春季、秋季都要参加中国进出口商品交易会（又称广交会）。为方便与外商谈判，他利用业余时间在上海一所高校学习了几年英语。在那段时间里，外商的每次赠品他都是交与组织的，曾为公司打赢过一次外贸官司，挽回了国家一笔损失。在沪工作时，他都是利用春、秋广交会后的休假和国定假日才回老家休息的。

他极为节俭持家。1960年代，他月工资就有90多元，自己留35元，18元单独汇老娘，42元寄妻子抚养子女。他领到工资后，对家里的汇款是从不拖时的。他还从自己留下的35元钱中省出些接济亲友，回家时给儿女和老人买衣物和食品。

他为人正直、善良。他与妻子相互扶持的60多年中，从未争吵过。他对邻居很客气，也是未曾有过争执的。

老丁因身体原因，在56岁时申请调入了苏州相门外贸仓库工作。以后的几年中，他就骑自行车上下班。

老丁为人谦和，憨实少言。他虽是个平常之人，但从平日里绽放的一朵朵心灵浪花看，他与有的人是有着明显不同的。

那年，他儿子刚参加工作，至苏州城北一个生产大队进行职前培训。那次，他儿子用公家信封、信纸给家里写了一封信。老丁收信后，对向老妻不高兴地说："你看，刚工作，就公私不分，多不好！"等儿子回家，他又拿出信封、信纸说事。当时，他的那副紫铜色的脸庞始终板着，这让初涉世事的儿子听得低头紧蹙双眉……

有次下班，老丁骑着那辆永久车正匆匆回家。车行至今仍在葑门西街那条环城河边路段，他突然见到路边有块新鲜猪肉。他下车，捡起猪肉一闻，知道这是有人买菜后从车上掉下的。他一再展示着这块肉，守在路边，不时问有谁掉了。等了好长一段时间，仍不见有人来拿，他就提上肉，走向临近的一个皮匠摊，托摊主交给失主。

事后，他心里感到舒坦，披一身晚霞，沿着清清运河水，乘兴回家。到家，他讲起这事。老妻说："估计原失主是找不到这块肉的，这位皮匠师傅说不定已在酤着老酒享受这块肉了！"

"勿是自家的肉奈哼享受？"老丁扭过头，翘起嘴巴又说，"别人家的肉吃到肚里是不舒服的……"

受疾患影响，老丁是提前几年退休的。他于 2018 年 2 月 19 日清晨走完了人生，享年 88 岁。身后，家人拿到了一张他离岗时留下的、衬着复印纸手写的"归还公物清单"。

清单上这样写：

烟灰缸1只 木尺1支 小铁锁2把 订书机1只

剪刀（旧钛钢医械剪）1把 铁夹子（钢夹）6只

归还人 丁×× 收还人 许××

1974年3月18日

2. 发小明元

梁家老二叫明元，是我发小。

这是几十年前的事了。那时孩子玩的东西少，打弹子、滚铜板、下象棋成了最好的活动。我俩在放学后的许多时候，就于我家场上或者他家院子里进行这些活动。不过，去苏家弄他家院子走入那条长备弄前，先得经过装有6扇大门的门厅。厅屋的一角搁着一口油漆锃亮的空棺材，那是为他家那位满头白发的老太太准备的。可那时候，我在经过这口空棺材时，心里总是捏着一把汗的。

明元家院子大，院南边长着一些树，西南角有个他家祖宗的坟堆，周边种了几垄菜。院子中间是破碎的青砖地，北边杂屋开门就能踏上可乘凉、能玩水的大河滩。凭这些，我们在那里已有了类似鲁迅童年时离不开百草园的感觉。

小时候，明元软弱，常会哭。他被人惹弄后会哭个不停，且声音响亮，为此同伴就给他起了个绰号叫"哭跳煞"。记得有次这个"哭跳煞"，竟闯出一场大祸来。

那次，我们几个孩伴在邻近的西林庵中玩。西林庵供奉观音，朝南3间屋，场前有竹林。庵中供屋高大敞亮，加之佛龛只占中间小半，使方砖地面留下了不少空间。那里，不只周边的老好婆、老太太常去念经，年轻的小媳妇也喜欢去聚做副业，当然孩子们更是想去凑个热闹。

有次，我们几个在庵里、庵外追逐，可明元不知怎地会把手中的一块小砖块掷向了佛龛。他是无意的，可这块小砖块却偏偏飞到了观音佛像的额头上。当时，只听得"啪嗒"一响，从观音菩萨头上掉下来一块鸽蛋大砖块，顷刻间就把庵内的人都惊呆了。

很快，正在念经的老好婆、老太太发现菩萨额头被砸掉了一块金粉漆。

"阿弥陀佛，罪过！阿弥陀佛，罪过！"念经的老好婆、老太太全都拜倒在佛垫上。

"啊呀，勿得了！咯几个小赤佬拿菩萨额骨头打开哉，咯还了得！啊呀，阿弥陀佛、阿弥陀佛……"接着聚着做副业的几个小媳妇也都跪倒在佛垫前的方砖上。

"啊呀，阿弥陀佛，罪过！罪过！咯几个小赤佬奈哼吭人收管咯呀！"临近庵屋的几家伯母、婶婶闻讯后亦跪倒在庵门前。

我们在场的几人缩到了屋角头，明元更是吓得低头不敢吱声。

随着这件事告向各家父母，我们都遭了骂。明元罪孽最深，被他母亲重重地打了一顿，过后还被软禁在家中的备弄内。明元被打的当天，我与另一发小曾去他家备弄外的窗下偷听，他的那次响亮大哭大概是要哭上个把钟头的。

事后，大人都说明元那次闯祸后，当晚额骨头上就长出了大青块，痛了很久。后他母亲去庵内烧香讨饶，又经念经的老好婆、老太太求拜，这个块才渐次消去的。

不过，我们几个清楚，明元头上并没长青块，可那时是不敢言明的……

3. 丧事大毛

初春二月，春意盎然。阳光照着六角道板，苏家弄内暖洋洋。

13号门牌钉在中间那扇旧墙门上。这处有两落住屋的旧宅内，住着84岁的施好婆。

施好婆父亲姓管，是个外来竹匠，生下两个女儿，随口叫了大毛、二毛。大毛长得慈眉善目，成人后，嫁了苏家弄内祖有大宅的施姓人家。

当今，时代变迁。随着一家家后生外出工作和置业，使得这段300米不到的弄巷内，只剩下不多的老人在留守老屋。

施好婆（其实也叫管好婆）笑容可掬，已是满头白发。她虽有点虚胖，但还手脚轻便，靠社区养老金和小辈贴补，日子倒也过得安稳。

施好婆有个喜好，极爱指点人家料理丧事。她集各家之长，弄出了自己的一套丧礼之道。于是，整条老街，以及与老街相接的几个村落，只要听到有人家举办丧事，她都会不请自到帮忙，甚至还会忙得陀螺转。为此，人们习惯称她丧事大毛。

说也怪，丧事大毛与人交往是胆小怕事的一个，但在指点人家办丧事上她却胆子出奇得大。

她最关心高龄人的丧事。碰上了，她会及时地赶到灵堂，先目对着亡人，看眼睛是否闭拢，穿了几件衣裳，座坛（灵台）是否摆对。再在一边坐定后，她会对着丧事人家把必办事项仔细关照。

她的关照很多，特别看重以下几项：先要给亡人穿好衣裳，穿衣前要亲生子咬咬衣角、衣袖用手伸一伸；子女要披麻戴孝着丧服，二、三、四代人的黑袖套要配上麻片及白、黄、红色头绳区别；媳妇在灵堂要大哭亲大人，有几个儿子得设几个座坛，不设就是自灭家门，小辈要每日哭座坛，不能成为哑坛；从"头七"开始，子女逢"七"进庙烧香，所折方锭先得到土地阿爹案前摆放，否则这钱化后亡人会用不到；还有"五七"时，一定要请僧、道做法事……

最后，她总是会说，这辰光亡人的灵魂还附在身上，正在感知小辈料理丧事……

这些指点，多数人家是愿意接受的，被认定为尊老、孝老之举，中华民族原本就是百善孝为先嘛！她看到了，脸部立时会堆起笑容流出一种满足感。

也有人家不愿做这俗人之举，把她晾在一边，让她说归说，仍以自家方式料理的。这时，她很快就会蹙紧眉头，苦笑一下走开。

这里需要说清楚的是，丧事大毛所做这一切，都不用付钱，即便在全部附和她流程的丧家，她也顶多是吃顿利市饭，拿块云片糕的。

不过，她也碰到过顶头。那顶头，曾让她眼泪扑簌簌流。

那次，她去一户亲戚家指点料理丧事。她一直为繁文缛节叽咕不停，那个 50 多岁的侄子终于忍不住道开："对这些烦琐世俗，我家要从简了！"

大毛要紧告明："这——这是——上传下代的事，不做好我阿哥去了那头要吃苦头的！"

侄子问："那头？你去过？怎晓得要吃苦头？"

"等你以后自家去了，亦会晓得的！"大毛有些激动……

这一席话，把在门外围观的人都听得笑出了声。

老村人物

1. 喜娘华好婆

老人聊天时，还会提到华好婆。

华好婆是东村人，伶牙俐齿。那时，她的主业是当喜娘和做媒人。

二十世纪五十年代，是她最兜得转的时候。每到下半年，她生意极好，忙得走路要奔。

那些年头，我们这群孩子最爱盯上她鼓在肚前的布裙口袋，因为袋里装有结婚喜糖。只要华好婆在邻近的弄堂一走过，前前后后就会跟上好多小孩，嘴里"好婆、好婆……"地叫个不停。当然，得到的报酬是会各人拿到一粒水果糖的……

那时，村人，尤其是孩子，最爱看华好婆主持婚礼。她演绎的夫妻夜饭，让人印象深刻。

那顿夜饭也称夫妻团圆饭，是经拜堂、移花烛，新人入洞房后进行的。

此刻洞房，红烛高照，在挤满亲朋和四邻的喜庆中，新郎精神爽，新娘更妩媚。

团圆夜饭一开始，华好婆就会妙语连珠：

今朝洞房花烛夜，勿忘姆妈阿爸爷；

吃顿团圆饭，恩爱不一般；

吃个大肉圆，百年好姻缘；

夫妻碰碰杯，同心结一辈；

……

她始终能让人笑成一片，笑得没有停歇的。

见有个高不过房台的男孩，正为红烛气味所呛张嘴打起喷嚏来，她立时转身抛出一句：

听之笑嘻嘻，小狗打喷嚏。

又是引得满房人大笑。

华好婆随即夹起猪头膏，顺口亦带出妙语：

夫妻同吃猪头膏，开年养个小宝宝。

众人越发哄然大笑，连新娘子也憋不住偷着笑出了声。

两对大红喜烛点得正旺，那气味把一位大阿嫂也呛出了几个喷嚏。华好婆见之进而又接上话头：

好人牵记活千岁，坏人想着长瘩背！

……

那些年，年轻人恋爱找对象的还不多，家有儿子长大，父母总会托人去配亲。华好婆常年做喜娘，在几个小乡内人头熟，肚皮里还有着未曾婚配的男女青年一本账。所以，常有家长托她为自家子女寻对象。

华好婆，有亲和力，由她帮着定好的对象大都会成功，有点疙瘩的婚约她也常能促成重归于好。九盛村杨国忠的婚约，就是由她调度着重圆的。

当年国忠身材瘦小，家庭贫困。他家托人在邻村说了个不错的陈姑娘，但不久陈家听人闲话，嫌杨家穷苦、小伙瘦小，就想退约。

穷家配亲不易，杨家父母不高兴，小伙亦气鼓鼓。碰上那年征兵，杨国忠就毅然从军报国，加入了解放军队伍。这位初中文化的国忠，凭天资和努力，为部队写通讯报道，不仅从连队逐级调到师部，还立了军功。

当时几年虽过,华好婆还是牵记着国忠这件终身大事。她思考要把这桩婚约调活,就自己出面找人给国忠写信。华好婆在信中说,那位陈姑娘是很爱他的,上次只是听了风言风语……陈姑娘为他,思念得快要病了。你可不能负了她,一定要关心她啊……华好婆在信中再三叫他给陈姑娘写信,要心对着心安慰她。

杨国忠反复看信,觉得错怪了陈姑娘,极对不起她的。

很快,他就给陈姑娘写了封信,还寄了张容貌一新的军人照。收信后,陈姑娘深深感动,随即阴影从心头抹去。于是,这桩婚事被"盘活"……

后来,杨国忠复员回乡,几年后当上乡镇文化站长,为当地文化建设做了不小贡献。杨家夫妻相濡以沫几十年,如今一双儿女亦已成才,这个幸福家庭让人羡慕。

华好婆晚年,有人谈起这事,听说她还是拖长着声音不忘幽上一默的:"圆成一对哟——胜造七级浮屠……"

2. 气象来宝

徐来宝,乡下汉子,貌不惊人。二十世纪五十年代,他在村上读过几年小学。

年轻时,徐来宝爱看旧时小说,自有的《三国演义》《七侠五义》《隋唐演义》《东周列国志》几册读本,已被他翻得本本破烂。

以后，他转而收集有关气象的资料、谚语。他在书报上摘，从民间集，经十几年时间，足足聚了几大本。在一般人看来，他真有别人少有的憨劲，不仅收录、研究，还把近千条的内容记在脑中，信手拈来，实时应用。

至二十世纪七十年代，徐来宝30来岁时，凭积累的气象知识，着实让他吃香了一阵的。那时，农民种田、外出，都听有线广播中县气象台播送的天气预报。这播送一日三次时辰不脱，然而有时准确率还不高。

曾有几次，针对广播中的天气预报，来宝说了个相反。这相反，居然被他说中了。其间，广为流传的有这样两次：

第一次流传，出自1972年农历九月底。来宝所在的南湾大队第5生产队在粮食生产推行三熟制过程中，还种有部分中晚稻。这时节霜降过去，30余亩中晚稻已稻穗低垂，铺就了一片金黄地毯。

那日，清晨的气象广播未有变天消息。早晨安排农活时，队长准备开镰收割那片中晚稻。谁知这位来宝眯眼笑着上前说："今日不能开镰！天气正在变化，我感到有点在吹东南风了，两三天内，天会下雨。"

众人惊愕，开始体察是否真吹东南微风。细心人很快发现，远处有家工厂的烟囱之烟正在向西北微飘。众人顿悟，即刻想起来宝经常念叨的那句气象谚语：九月东南两日半，十月东南当日转。

于是，队长决定不再收割，这使生产队避免出现了 30 余亩的湿稻铺……

第二次流传，源于 1974 年农历十一月。这一天早饭后，他背一只挎包，夹一把雨伞，步行进城去探望生病住院的亲戚。

途中有人问，来宝叔，天气预报讲今朝天气好，为啥还带伞？

来宝说，昨日傍晚，乌云接落日接得高，今朝说不定会落雨！

真的说不定会落雨？

乌云接落日——乌云接得高落雨在明朝么！来宝语气蛮肯定。

后来，下午三点多钟，来宝夹带的雨伞终究派了用场……

这两件事使来宝名声大震，周围很快就有了"天气预报不及气象来宝"的说法！从此，村上几个生产队长，还有一些社员，时常就天气情况向他投石问路……

以后，徐来宝开始当生产队长。他继续关心天气预报，又专心着摸索对"三麦""水稻"产量进行提高。

他把队里的稻麦品种进行了更新，加强肥料投入，再加上管理上有一套，不出几年，使得这个普通之队在全公社变得有名了起来。1975 年，他们队稻麦三熟平均亩产达到 975

公斤，这离让人羡慕的亩产一吨粮已相差无几。当时，包括有大队领导在内的一些人，主张立即上报亩产1000公斤的吨粮指标，尚少的粮食可拿场地秕谷和预留的社员口粮来凑足。

对这主张，徐来宝就是不同意。每次提起这话题，他总是拨浪鼓似的说："用以次充好、减少社员口粮换取荣誉，我不做！"

随后，他加强管理，弥补薄弱环节，苦干加巧干，在下一年里他们队又取得了少有的好收成。年终盘算，稻麦三熟平均亩产达到了1016公斤，这使南湾第5队在全公社成了第二个吨粮队。

接着，第5生产队和徐队长获得了公社和县里的表彰，社内还组织干部、社员到5队参观。公社领导又要他在大会上作发言介绍，都被他推了。那次由公社召集的三级干部"抓革命、促生产"座谈会上，在领导几次点名下，他才咧开嘴笑着断断续续说了一段话："我没啥本领，只是习惯事事见着先进学……有人称我气象来宝，那是我喜欢收集民间智慧用之，再说在许多时候还是属于瞎吹的……"

3. 大队长陈火林

陈火林原是个中式裁缝，年轻时出师前，正遇上新中国建立。他未进过学堂门，靠吃百家饭比别人多见识，长一张当地人称为很能说话的好嘴讲，被小乡干部培养成了"土改"和农业作社化运动的积极分子。

1956年，他加入中国共产党，担任了一个高级农业生产合作社的社长。1958年，他成了当地人民公社后港大队的大队长。这个大队长，他一当就是20多年，直至农业生产推行家庭联产承包责任制……他不离土、不离村，是个村夫野老式的基层干部。

陈火林身材较高，体格清瘦。当年，他常穿一件自裁自缝的对襟布衫，显得平静、淡定。

二十世纪六十年代中期，农村经济开始复苏，农户普遍养禽、养畜。为确保市场供应，农户一年都有一头生猪派购任务。农户完成生猪出售，可以获得奖励饲料，凭发票经大队核批后，还能宰杀另外的生猪自用。

陈大队长分工负责核批自宰生猪这件事。自宰生猪都挤在农历过年前的十几天里。那段时间，陈大队长特别忙，好在他是个耐心人，每天早晚忙乎着给社员批条子。后港大队10个自然村，设21个生产队，有近千户人家，批条都集中在这些天里，想想也是够他忙的。

这位陈大队长对待每个人都很客气，在审核批条时也是不会乱来的。他只是在新中国成立后淘来了一些字，虽认得准那张售猪发票，但票面以及各张宰猪申请书上，出自各人之手的歪歪扭扭字体看起来还是吃力的，再说还要在一张张字条上签字。不过，他签字极简单，除了日期，就是在条子的边上一律只写4个字：杀陈火林。他把那个"杀"和"陈"，是写成繁体的"殺"和"陳"的。每次，他都一笔一画写上，没有标点，4字相连。用作签字的那支吸着蓝黑墨水的钢笔也会遇上断水的，这时，他就从口袋里摸出一段预备的铅笔来，继续完成他的核批。他认真写字，还是写得歪七扭八。好在签字只是手续，懂个意思，各家也就习惯了。

后来，要兑现养猪饲料，各家的售猪发票、批好申请都集中到了大队会计那里。大队会计装订时一统计，光这一年，发现这位大队长"杀陈火林"就杀了1072次。这数字传出后，在全大队可真是谈笑了好一阵的。

一天，有两位调皮社员，正在远处指着他的后脊梁说话：这个杀了1072次的杀千刀，真格是杀不忒的！

而这时，这位陈大队长却自在他俩的前面笃笃定定地走着……

陈火林一直当着他的大队长。他联系群众，会做思想工作，每年到挂钩生产队参加集体劳动的天数都是多在其他大队干部前面的。

1965年，公社内大办耕读小学班，帮助一些无条件上学的大龄孩子读书识字。当时，后港大队每个自然村都要办这种班的。陈大队长在各村间奔忙，找房子、借台子（凳子学生自带），教师由村上识字人兼任，上课安排在每天中饭后的农活间歇时间里。

陈大队长所在的西盛村耕读小学班，是在他一手操办下办起的。他提供自家那间客堂屋，拿出了家里所有的台子、凳子。这使得他家3人（他老夫妻俩与女儿住一起，儿子已成家另住）的中饭必须在耕读班学生到来之前匆忙完成，因为再也没有多余的台子、凳子了。他又叫自己刚初中毕业的女儿根香当起了耕读教师……

这样，陈大队长一直在为集体忙，干农活的根香也得中午放弃休息，饭后他家的那间屋里总是聚拢着那些大孩子的。

"伲个老杀千刀，真格是吃里扒外人……"面对老婆的有时叽咕，陈大队长常以扭头自看屋内孩子埋头写字的样子和倾听扑面而来的琅琅读书声后露出笑意来回应的……

这些事，让大队长陈火林有着很好的口碑。

4. 好兄弟顾福祥

娄南小区聚着的巷溇村人，那次讲着讲着，讲到了顾福祥。大家都说，这个刚走掉几年的人，在村上绝对是个人物。

1950年10月，村上顾福祥、顾福寿参加中国人民志愿军后同去"抗美援朝"。当年，福祥22岁，福寿大一岁，俩人分在同一排里，极为亲近。

在一次激战中，福寿头部受了重伤，倒在战壕里。福祥想把他背到邻近的坑道里去抢救，可半昏迷中的福寿，只是死拉住他的手断续地轻声托付，要他以后一定要帮助照看好自己的父母。福祥含着泪要紧扶住他的头答应："好阿哥，你放心，我会一直做你好兄弟的，会一直做你爷娘的好儿子的。"听着，福寿亮了一下眼睛后就离去了。

福祥憋着满腔怒火重新投入战斗。最后，这支部队完成了任务，也损失许多人，福祥活了下来。

以后，他又多次英勇参战。可有次，一颗在附近爆炸的炮弹把他的耳膜震坏了。经反复治疗，他还是成了半聋子。这样，1954年，这个26岁的共产党员，带上他的5枚勋章和福寿的3枚勋章复员回了家。

到家后，福祥就当了福寿父母的干儿子。不久，他成了婚。在婚礼上，他又对着失去独生儿子的干父母发誓，自己决定一生替福寿尽孝。

他是二等甲级伤残军人，被安排在当地乡政府担任勤杂工。他半聋着耳朵勤勤快快地干到退休。几十年里，他待干父母与待亲父母无异，这已传为佳话。以后两对父母先后离世，他同样办完后事后，把他们都安放进了当地的陵园中。每年清明节前，他照例要带上一家老小前去祭奠两对亲人，又要去市里的横山烈士陵园祭扫福寿和其他战友。

1990年，福祥家盖了3间新楼房，添了新家具、新电器，一家人过得其乐融融。福祥为人厚道，说话风趣，村人敬重他，也喜欢跟他逗笑。但跟他说话，他常会把冬瓜缠到茄门里的。有次，烧中饭辰光，邻居妹香走来说，要弄几根葱（她的发音是把葱念成 cheng 的）。福祥回答，只有一根，你拿去好了。说完，他就进屋去拿出来一根秤给她。事情弄明后，两人都是哭笑不得。

福祥极勤快，休息日总在自家蔬菜地上忙着。那次，妻子转告他，外甥钰男说叫娘舅休息日要休息，不要一直耙上忙到犁上，第二日还要上班的。福祥听后，点头笑笑道晓得。可第二天下班，他就直奔村东头去对当生产队长的外甥说："我已抽空去乡镇府隔壁木器社做犁的老师傅处讲好，近几天生活不多，叫你明朝就派人拿犁去修。"——这一席话，可把个玲珑乖巧的钰男真是弄得丈二和尚摸不着头脑……

光阴荏苒，福祥到了 70 岁，老来无事，喜欢喝点小酒。喝着喝着，他的酒量不觉间日益提增。不过近来喝酒，他常会念旧，甚至要哭喊起当年的战友。

那次，他去喝根法的寿酒。村上一桌老友聚合，谁也不想先走，结局是当场醉了几个。福祥呢，只管端起酒杯比画，口音不清地喊叫："福寿、福寿，你倒好咯——搭你这样要好，不来陪我……陪我喝酒，你咯人啊，真咯、真咯——不讲交情……"

众人看得都笑了，可劝他无用。福祥已醉，还是反复哭喊着要叫来福寿喝酒。后来，两个年轻人硬着把他扶回了家。第二天，村上有个幽默者为他送去了一副对联。当时福祥独自在家，他高兴地接过对联，一脸憨笑贴到了大门框上。

对联一贴，福祥老婆总见有人在看着门框咧嘴偷笑。她觉得奇怪，就跟上一人询问。那人没说啥，只是拖着声音把对联念了："福祥喝得酩酊醉——哭喊福寿不陪我——"

福祥老婆听得"噗嗤"一笑出了声。她对着福祥叽咕一声"现世宝"，别过身就把那副对联扯了……

我家这个大河滩

　　在我的故乡苏州古城东头的郭巷集镇，人们都把条石砌成的河埠叫作河滩或河滩头的。

　　我家曾有一个大河滩。这个大河滩，原属集镇上施家祠堂的，有数百年历史了。后来祠堂衰落，这个大河滩就被我家祖上买了下来。

　　大河滩的条石饱满、厚重，是吸足了水分的，历众人踩踏，又似经太阳晒熟，块块都闪着紫铜色的光泽。

　　每天，东方现出鱼肚白，上大河滩的人就会接连不断起来。那卯前水是一天中最清纯的，各家主妇或勤快的男人，都会提着两只提桶到河滩上来拎水。这时，拎水人与人碰面只是略打招呼，都自顾着匆匆向家中走去，一路上也就留下了许多七歪八扭的水痕。

　　不久，天色亮起，大河滩前就会摇过农船。听着这欸乃橹声渐近渐远，让人的心绪似乎也会跟着飘动起来……

　　夏日傍晚，大河滩上最是闹猛。这家嫂，那家婶的，洗过澡、全身换干净后，都要夹着一桶换洗衣服到河滩上来洗的。

　　那里一时便成了妇人的天下，她们亦就卷膀露腿地放开手脚搓啊漂的。有的人也边洗衣服，边谈笑交谈，几个长舌的会让人等得心焦。有时，还有归家的鸭和鹅来凑热闹，它们在大河滩前的水面上转着圈子要上岸。于是，主人家的女人就在一边"鸭咧咧——鸭咧咧""喔啊——喔啊——"有腔有调地呼叫起来。

　　洗衣高潮一过，就有男人坐在河滩石上光着背洗澡，洗完后就拎住湿淋淋的短裤朝家里走。再晚些，也有婶子、伯母级的人物到河滩上来洗了。那时候，月光下的大河滩已经恬静下来，正被搅动的水面就像半河碎银在闪动……

　　大河滩处，水体随同外河流动，水质是极为清澈的。水的宽厚、包容，使那里的展示还要丰富得多。

　　逢到春、秋两季，水秀、水灵的大河滩头，以及连着的那段石驳岸边，有人总能摸到肥大的螺蛳和塘鳢鱼，还有人架罾连连扳起活蹦乱跳的鳑鲏鱼。大一点的孩子，也会钩着苍蝇在那里不断钓上鳘鲦鱼的。

　　夏季，河滩南侧，大杨树树荫下，有着不深不浅砖屑底的那片地方，成为孩子们合适的游泳地。在那地，我与伙伴们都学了游泳，我儿子那辈人也是在那里学会游泳的。先大人下水扶着教，再由大人在岸上看护着直到学会。

清风拂起，大杨树枝叶飘动，也会掉下刺毛虫蜇人，但是那里蝉声嘹亮，戏水的孩子是一直处于亢奋中的……

大河滩周边也是个热闹处。天热了，人们就喜欢搬上凳子、躺椅到那里乘凉。临近的村桥上，除冬天外的每季傍晚，村人总是喜欢坐满桥栏东说梁山，西说海的。

站在大河滩处，还能看到渔民摇船进浜捕鱼，看到娃娃船上放收憨态可笑的水老鸦，看见浜内婚丧之船进出，看见人家装柴、载粮和卖猪船摇过，看见谁家造屋进了建材、添上家具……总之，站于那里向南一望，浜里边那几十户人家所历大事几乎就能知个七七八八。

岁月更替，转瞬到了 20 世纪 70 年代中期。上游的工业企业漂来了污染，随着集体和个人普遍开井，这个历史悠久的大河滩就失去了功能。

不久，我家翻建了楼房。翻成楼房后，我家于场前也圈起围墙，为方便走路，又把围墙东侧的大河滩填掉了部分的石阶。

如今各家现代化了，当年的大河滩韵味也已远去。但每当看到这个大河滩露着的一排赤褐色条石时，众邻居还都是带着敬畏的。

听说书

苏州人听苏州评弹，不管是听大书、听小书，都说成是听说书。

这听说书，演员一上台，说、噱、弹、唱，仿、演、踢、打，加之故事生动紧扣，确是吸引人的。

童年时，我就喜欢听说书。一起听说书还有着几个小伙伴，不过，我们是听戤壁书。这戤壁书，就是靠在书场的窗门外、布帘边，揩油听白书。当然，这大都是小孩行为。

老家位于姑苏城东头有一集镇。集镇于清代中后期形成，主街有400多米长，街面碎石铺就，上面几乎全被廊棚覆盖。

就在那座泰安石拱桥的北块西侧，曾经开出两爿书场。西首的那爿乐苑茶馆就开在老建筑大经堂宅第剩余的旧屋内，挨着竖立4对旗杆石的街面房，西侧是烧砻糠的老虎灶，东侧是布满八仙桌的茶室，里边两间屋连上一个长厢房是书场。书场内六七张长桌、方桌边，放满长凳、方凳。书

台设在北端檐下，挂有旧布屏风，放置一桌两椅供演员表演。

　　除了夏季，每年书场总是开着的，小书、大书都有演出。我们听戲壁书者大都是掩藏在老虎灶北边的窗户旁。那窗户半开着，我们的视线穿过书场正好斜对着书台。多数时间里，大人、孩子就在那里听白书，站不下了，也会站到布帘边上听。等到散场前的一段剩余时间，书场服务员会高喊一声"放汤"，场外立时哄然一笑，听白书的大人、孩子亦就能堂而皇之拥入书场，真正戲壁听起书来。

　　乐苑茶馆的经理原是吴记茶馆老板，面容清癯，留着山羊胡子，对人和气，与家父有交情。我叫他金龙老伯，对我听白书自有照应。

可惧怕的是吴家的二儿子。这是个哑巴，30来岁，身板结实，在装卸组干活。许多次，当我们缩在窗户下、布帘边静听的时候，他会突然在身后出现，"哇——"一声喊，眉毛竖、眼睛弹，被他吓得没有一人不逃离的……

让人羡慕的是，同班有位女同学的家就在书场隔壁。那时，她家的街面房被集体商业占用开了浴室，后面留下的住房就只能朝东开个侧门。这个侧门就开在书场屋内西侧，她的那个小几岁的兄弟，每天都能悠然地坐着凳子，靠上门框听白书的。

那时候，我听的主要有小书《描金凤》，大书《三国演义》和《七侠五义》。尤其是那部《描金凤》，我几乎每晚上都会去戤壁的，那两位演员描述的钱笃笤玄妙观求雨时的笑人形象至今还会在脑中现出……

以后人长大，偶尔，或是家里来了亲戚，我亦会买上书票，捧起茶壶，体面地去听上几回书的。

"沧浪亭御前弹词垂青史，光裕社启后箴言耀艺坛"。这是苏州评博书场书台旁的一副对联。工作后，休息天我与妻子也会去那爿书场放松的。

记得是1998年秋日，我与她同去评博书场听书。开场尚早，场内座位已占大半。我见到一位80来岁光景的老听客，正摇着把扇面写着"贪官枪决"几个毛笔字的白色大折扇，自个在一边踱步。

少顷，那老者慢步来到我面前，欣喜地招呼："哦，金先生光临，是特意来考考徒弟！"

我与妻子陡然一惊，忙以笑脸回应。

"倷阿是金声伯、金先生？"老者进而询问。

"今朝是金声伯的徒弟说书，这位不是金先生！"旁边一位老听客抢先应答。

我也要紧说明："我不是金声伯先生……"

"眼花哉，眼花哉，弄错，弄错……"老者连连自责，又带着歉意笑起。继而，至一侧，"唰——"一声，又撒开那把写着"贪官枪决"几字的大白折扇，不紧不慢地摇动起来。

我与妻子处于忍俊不禁中。忽一想，曾有人提到，我的额头发际线很上，粗看头部侧影确有点像本省评话名家金声伯先生的。

此时，遇上了当年的老校工老郭。老郭当时70余岁，住在平江路附近，退休无事，常到书场走走。二十世纪七十年代初期，我们中学一度与小学办在一起，老郭负责料理教师食堂，伙食让大家吃得津津有味。

这次，十多年未见的老熟人偶遇，自是要亲热一番。

后来，老郭去小解。那位摇着大折扇的老者，又凑了上来，轻声问我："听老郭讲，伊在学堂里退休咯，是当老师咯？"

此刻，我有所警觉，朝妻子示意后，就对他认真地笑开说："是的，老郭是伲学校里的老师！"

老者听罢，也就摇起那把大白折扇，笑吟吟地走开。

等老郭回来入座，那开场的铃声便响了起来……

城东独墅湖

如今，苏州城东的独墅湖已经成为美丽、现代的城市湖泊。可我记忆中，几十年前，这个湖泊常是要勃发野性的。

那一年，我还是个初三学生。我与班上另外3位同学，用船从苏州市郊的横塘运回了学校购买的莴苣笋秧。所用的停在学校旁的一条木船，本以为是条闲船，我们是未打招呼就摇走的。可两天回校，学校老师却又要我们把这船摇到斜塘农村去换回另一条船。原来，我们摇走的船是位公社干部的斜塘妻子摇来探亲的。几天一过，这家属等不及就借了当地另一农船先行回了家。这样，就有了我们那次穿越独墅湖的经历。

木船摇至独墅湖防风堤内，于细浪拍击中行进。当船一进入防风堤以北水面，湖浪便是另外等级。斜塘在湖东北，必须穿湖。开始时，大家用点劲，风浪还能对付，可接近湖心，浪就明显大了。那天东南风，排浪扑来，我们的船即刻横着向西北退去。进而，骇浪打来，一些碎开的浪花已蹿入仓内。很快船的头和艄出现了跳动，船身开始摇晃起来。在惊涛拍船声中，几张溅满浪水的脸都转向姚同学。而这位随当公社社长的父亲到郭巷读书的斜塘人，已是跟人在独墅湖上把橹摇船惯常。身高体健的姚同学随即组织 2 人把橹、2 人扭绷，迅速扳转船头对向了东南方。

迎着顶头浪，谁也不敢懈怠，好在个个会游水，大家都是豁出去了。4 人合力摇橹，船身反复冲向湖浪，艰难地在浪尖、浪谷中起落。经长时间硬挺着搏斗，我们这条船才靠向东北方岸边，驶进了有棵高大树木作为标记的河港……

1964 年春天，稚气未尽的我到湖西一所学校任教。学校由旧庙改成，突出在独墅湖边。那些年，只要东来的风吹大些，一波一波的大浪就会向着学校压来。其时，支撑学校房体的驳岸，还有场前那座平板石桥的金刚墙墙体，就会发出“哐隆、哐隆”的冲击声。伴随着急速的浪击声，冲起的浪水就会成片成片地盖到桥面和场地上。那情景，真是惊人。

再说，学校南边沿湖的大片农田，正在不时被冲击的湖浪吞噬。听年长的人说，这些田块本是伸在湖中的，那时却成了大湾荡，而且还在年年被打进来……

惨痛的是，1956 年冬天，学校后面的那个自然村落，还被独墅湖风浪吞掉过人、畜两条性命。

那村落有处张开成喇叭形状的大龙口港。此港位独墅湖西北角,以大龙口名之,可见是张风的。那时段,东北风劲吹,凶猛的湖浪压向那里,使得一条过港的农船颠荡着翻了身。祸殃中,淹死了 1 位妇女和 1 条耕牛。

听人叙说,事发后的情景是极为悲惨的。那户痛失女主的人家,几天里一直哭声震荡。至于那条大水牛遭憋死,对当时这个脆弱的农业生产合作社来讲可是一个沉重打击⋯⋯那牛被捞了上来,鼓胀着肚子躺在牛棚边⋯⋯那天,几乎全社的劳动力都悲怆地站着,随同几个长者点香燃烛地葬它。这事,在当地志书上有记载。

以往,有关独墅湖撒野之事还多,可那些我是无法说全的⋯⋯

时光回到 2020 年。这时节,又是春日融融,和风轻拂。

我站上湖西独墅湖大桥,掠过碧澄水面观望起了亮丽的湖周:办公房、公寓楼、别墅群铺开;科技园、大学城、商务区、金融城、农贸市场环绕;休闲区、景观公园建成;先期通车的北隧道内时时繁忙,穿湖的轨道交通道上接连奔驶;在建的南隧道正快速伸入湖中,南岸的高架道也日夜推进;林立的吊塔铁臂频挥,战胜了病疫的人们更是忙于编织现今的生活⋯⋯

波光潋滟的湖面上，人见人爱的白鹭不会忘记表演：鹰一样盘旋，箭似的穿梭，悬停、空降，一伸长嘴就能叼出鱼虾来。

一进入这热力倍增的季节，谁都不是充满着信心？连那些白鹭啊，也飞得欢，叫得脆……

尹山湖两章

1. 湖岛寻味

尹山湖打造生态商圈，波粼粼水中有了一个葱绿绿岛。

当初施工，那隆起的堆土并不起眼，我搞地方志工作，为周边道路及这岛起名，也未上去体验过。

随一、二期工程完成，那水、那岛及湖周突然变得美丽起来。

待自然光控景观灯亮起，湖周闪灼炫丽色彩，湖面漾出生动倒影，湖岛勾勒奇异轮廓，那里又变成无与伦比的璀璨。

这时，我开始隔水围岛步行于湖岸小景间周游，骑车在紫色自行车道上旋行。

我亦于清晨、傍晚、夜间，坐上湖边钢椅，面对湖岛望凉亭立、小屋露、白鹭飞、灯彩谲……

尹山湖岛已在我心中神秘起来，尽管它近处离湖边也只有几百米之距。

湖北木栈道边倒是停了条蓝底白色小艇，那是管理员唯一的上岛工作艇，岛未开放，我上岛在企盼中。

机会还是有的。有次陪同客人去岛考查，我坐上了那只在大多数时间里总是停着的美丽小艇。

小艇犁碧水卷出银色浪花在岛周划开两个大圈后，稳稳地靠上了湖岛北边的码头。我们几人踏着岛上行道，从北往东，再至南向西兜圈。

听介绍岛有64亩，实看我也觉得不小。岛东西长、南北狭，东头弯弧含湖湾，西边圆地挖鱼池，弧、圆相切处设桥洞使湖、池相通。我想要能空中鸟瞰，往东看此岛应是个"6"字，往西看则是个"9"字。为此，我又想若以地形论此岛似可再添个6、9岛俗称，反正6、9都为吉祥数。

岛是宁静的，仅移动我们5个人。岛栽多种树，开出各样花。小屋临湖湾，凉亭居坡顶，鱼池水面似缎，钓台三边静候，高树上静默的喜鹊窠为湖岛增添着宁静。

听说为打破这宁静，管理员才在岛上养了几只鹅、几十只鸡和上百只鸽。待陪同的老吴把它们的围笼一打开，刹那间，白鸽飞，草鸡钻，老鹅红掌拨清波……

对这些禽鸟言，我想这岛应是净地、宁土，那通宵明亮的晚上，更有它们在自由王国辉煌中的享受。

谈起这个话题时，老吴却神秘兮兮地告之，就是在这明亮美好的晚上，岛上温顺可爱的禽鸟，如今开始过上提心吊胆的日子。原来，管理员某日在草丛、土坡发现有家禽毛、鸽毛，发现了家禽、鸽子残骸。这情况又隔三岔五重复。事情蹊跷，管理员思忖着烦恼。后来，经特别留意还是有了答案：岛上出现一条蛇，穿行"嘘—嘘—"响，足有几尺长、晾衣竹竿粗；岛上飞来一只鹰，凶悍迅猛，夜间两眼能发光……

不言而喻，这岛上的凶险应是这两位造成！

不过人们亦惊疑，鹰隼善飞，晚至朝离好解释，那蛇，是堆土匿藏，还是勇渡水域求乐土？

其实，我说不必惊疑，生态求平衡、生物链形成本在情理中，况且还能推助人们寻味起我们这个新生湖岛。

2. 湖边赏月

尹山湖总是以特有的魅力吸引人。

中秋节临晚，我与家人早早地到了尹山湖边赏月。

我俩坐上面东、临湖钢椅时，落日余晖正把周边的花草、树木、湖波、湖岛，以及包括我俩在内的游湖之人染上了玫瑰色。身处金风送爽中，面对细浪推动的实景，闻着丹桂飘来的幽香，让人真惬意极了。

随夜幕降临，一批批的人聚到了尹山湖边。便于观赏的歇座早已满位，许多人就自带席子铺坐起来。在这湖光迷人、沁人心脾之处，人们尽可以放松小憩。那张张绽开的笑脸在展示，刚刚熬过了溽暑的人们，就像我俩一样珍惜着这又将到来的花好月圆夜。

夜幕悄悄拉下。清新一片的尹山湖周，又到了流光溢彩的时光。湖岸若霓裳，湖面泛彩波，湖岛更谲奇，宽广的场地上很多人在跳舞，围坐的大树下有几位在拉琴。当然，大多数人是在注视空中，等待着明月当空照。

前几天，天气预报讲，今年中秋夜，月朗云稀，适合赏月。天文科普专家也说，今年中秋是"十五的月亮十五圆"，当晚7时55分，可欣赏到农历八月最圆月。

天幕下全是闪烁的色彩，四处流动着沁人的幽香，舞曲声、琴声、笑语声溢满湖边，人们将迎来这穿越时光的月圆时刻，谁都会要尽情地欢乐的。

6时40分，这轮十五的月亮在穿过地面遮挡后，就挂到了东边天空。起初的月面明显得大，呈现出淡淡的黄色。些许浮云生怕影响当晚主角，只是扯上几缕轻纱，于近处小心翼翼地烘托。

月亮在众人的凝望中稳稳攀升，天空是暗蓝色的，偶有几颗亮的和暗亮的星星在闪烁。至7时55分，待这个大家翘首以盼的时刻一到，这时的月亮已与大地形成大约30°悬在空中熠熠生辉了。

　　赏月人见到了最圆月，自然都沉浸在欣喜中。于是，场地上响起《月亮走，我也走》的舞曲，大树下唱出改动歌词的"暗蓝的天上明月挂，明月下面披银光……"的歌声，趴在席上的孩子也在诵读"月亮荡荡，跳过凉棚……"的歌谣。

　　此刻，在灯彩昱耀的尹山湖，这轮皎洁的明月，又给岸周、湖面、湖岛罩上了一层银光闪闪的色彩。

　　人们在抬头观望，皎月如盘似玉，明亮而圆大。人们在仔细辨认月中暗影，那是广寒宫、桂花树，还有嫦娥、吴刚和玉兔……

　　当然，人们也在谈起仍在月球背面探测的那辆"玉兔号"巡视车，以及与它相连的我国航天科学事业正在走向的无限辉煌。面对这些，谁还能说如今这轮中国之月，怎会不比外国的月亮来得明亮？

　　随后，在这闪闪银光中，我与家人站到水边护栏，透过众彩拱卫、明月朗照下那片不停闪动的像金蛇、银蛇样狂舞的尹山湖水面，看到那些濒湖而立的无数幢现代住楼的千万扇窗户都在争相闪动……我想，此刻，在这体现国人丰厚情感的时候，这些窗户内都是积集着团聚欢乐的……

运河摆渡人

我的故乡集镇西侧的京杭运河上，有个年代久远的渡口。

这个渡口的摆渡人叫荡和尚。当年，他是因年大光棍，才被人戏称为荡乱荡和尚的。

年少时，我就接触过他。与同伴过这个当地第一渡口时，曾缺了一点渡费，被他宽容地放过。

我真正接触这个摆渡人，始于 1965 年。那年，我在这渡口所在生产大队内一所学校当初中班教师。有个夏天，我与同校王老师晚饭后常要去这个渡口游泳。

那时，运河水清澄，行船不多。王兄时常会登上渡船，等摇到河心，在船艄腾起跳出鱼跃跳水动作。这美观视觉，让来往渡人、这位摇橹"荡伯伯"都看得交口称赞。

对此，我亦羡慕，但在忍受到几次肚皮直拍水面的疼痛后，就再无勇气跟着学了……

当时，通往集镇的煤渣路已接通，运河边的两间渡口小屋也造起。游泳后，我俩在小屋内换好衣服，就坐于他的酒桌旁闲聊。

临晚时的渡船是有替工摇的。他定心喝酒，时间拉得长，话匣子一开总是不肯关的……

他本赤贫，1937年下半年，30来岁的他正在一处大户家做长工。一个风雨夜，一批国民党政府军人不战而撤路过村落。保长被迫着去拉夫。大户家被摊上一个长工摇船。当下，几个长工面对面、眼对眼唏嘘一阵后，荡和尚挺身说："我光身，还是我去！"就这样，荡和尚作夫摇船去了。这一去杳无音信。

不久，这一带村民便过上了太阳旗飘摇下的日子……

两年后，荡和尚出人意料地回转故土。他满身疲惫、肩胛下东洋兵留下的枪伤还在流脓。他是捞到一只旧木船，"吱扭吱扭"地摇回来的。有了船，不想再当那个长工了，他的心思已经转到了故土的渡口上。

东洋人的马队在河西侧的砂石公路上驰行，渡口早没有专门的渡船了。可一个灰蒙蒙的清晨，人们惊愕地发现，在这段水面上又有了一只旧渡船。穷胆大了的荡和尚有个信念：中粒枪子豳死，捏橹摇船或是生。他住进观音小庵，以粘泥糊好船缝，用树干支起踏级，开始了运河渡口的摇摆渡生涯……

由此，他所见和经历了太多的苦难，太多的欺凌、侮辱和惊吓……

几骑日兵冲到渡口，枪指头、刀架勃，叽哩哇啦骂人。那次，荡和尚被打得半身血淌……不过，他命大。

1949年4月上旬，一批国民党政府军人沿苏嘉公路南逃。一群乱兵在隔岸喊雇渡船。他战战兢兢应声，装解缆而突奔。待西边枪声起，他东边已翻身落沟，直喘朝天气……

4月下旬，荡和尚携渡船开始新生。交管部门驳河埠、立渡牌，成为官渡的这个渡口迎来了辉煌。

东有集镇，西连城池，太平盛世，行人日增。渡费收几分，聚集也充盈。荡和尚成了铜钿活来人，随一位丧夫之妇归附，他更是不慌不忙地撑篙、摇橹。

渡船一直摇得安全、平稳。他为人厚道，给人方便，来往的人对他也好。物资匮乏时，供销社那些叫人垂涎的副食品，他也总能买到。

后来，渡船归公，生产队供应俩老口粮。队里的男劳力轮流着摇摆渡，荡和尚保留每周一天摇船收钱待遇。其时，集镇边的农场成了"五七"干校，渡船上来往人多，摇摆渡成了扭金橹绷。生产队富了，荡和尚每月扭几天金橹绷也足够花销……

他闲了，更有时间喝酒。那次，我与王兄与他闲聊。他喝得上劲，激愤时，又撩枪子疤，大骂东洋兵：

"东洋乌龟拿我作孽啊，这一枪从肩胛擦过，流了多少血啊，足足烂了大半年……"

我重看枪疤，这处红黑的旧伤，真似一张不肯闭合的嘴巴，总想诉说道不尽的苦难。

他还摇船、喝酒，只是节奏更慢了……

某日，从镇上回，他被一个年轻人骑车撞了。他佝偻着腰，成为风瘫。年轻人的母亲多次拎东西上门探望。他终于熬不住了，一再对她说："是我老了，不怪你儿子，不要再来看我了……"

荡和尚便整日躺在渡口小屋的竹榻上。我与王兄去看他。这个面孔曛黑的老人很激动，还骂东洋乌龟，仍要侧身让我俩看那个红黑糊糊似的枪疤。

"这只摆渡船不能再摇了，早晨、夜快的人实在轧，要出人性命哉……"他喘一会，又说，"巴望摆渡口早点造桥，奈哼喊仔几年勿见动情？"

他抬头看着我俩。此时，我觉得他额头上的一道道皱纹，虽还条理清楚，却比前更深更密了……

以后，随运河西头工厂办起，人们涌向那头做工。渡口换上钢驳船，可还是挤得满满。面对早晚高峰渡人提车争着跳船的情景，谁不祈望那里早日造桥？

接着，改革之风劲吹，运河两岸企业勃兴，周边的路在不断筑起、延伸。

　　继而，渡口南、北两座大桥造成。渡口悄然撤去，撤得自然。不过，这个摆渡老人已经走了……

　　很快，这座当年让人企盼的大桥也造了。渡口四周高楼林立，地面、高架车辆畅行，河上机船穿梭，地下地铁奔驰……这些，让在那里摇了40余年船的摆渡老人是从来没有想到过的。

在这个渡口想起的

清晨，一条人摇摆渡船，在运河水面上晃动。东头的码头上，挤满了赶时上班的人。船一停，船头、船舱就装满了自行车和人。已是插不进了，可在渡船转弯时，船艄上又是跳上了几个提车人……接下来，渡工拼力摇橹，然风浪袭来，轮队、机船驶过，渡船倾侧得叫人提心吊胆……这是我站在宝带桥南侧新建成的跨运河大桥上所想起的情景。

千年运河涛声依旧。在凌空桥面，我想到了视线所及的脚下当年那个叫人难忘的人摇摆渡口。

这渡口，年代已久，叫蔡家浜摆渡口，那时称得上是郭巷对外的第一渡口。

当年郭巷几十平方公里的境域，被无数湖、荡、港、浜分割，四周又受京杭运河、吴淞江、镬底潭、独墅湖、大龙口港等所围。在这个封闭的水网地带，曾设过 22 个摆渡口。

郭巷人要走出去，就得靠这些分布在四处的摆渡船。

郭巷人做梦也想能在大运河上造桥，能在斜港河、高垫塘、吴淞江上造桥。可谈何容易！在经济并不发达的年代里，是难以实现的。这样渡船一直在摇，人们亦一直在挤渡，其间也出过渡人落水、淹死人和淹死耕牛的事故。

未通公交车前，郭巷集镇周边的人外出大都要通过这个渡口的。可是，天发大风渡船要停，轮队挡住渡船要等，天晚收渡了就得高喊求情……这太多的太多……还存在脑间。我禁不住想起了一件事：1960年代初期的一个早春，那天我陪上海回家的姐姐连同她的小姐妹3人，在游览虎丘后返回。可到石路就没车了，当时我年轻，就背起年幼的小妹妹，领着两位姐姐走上那条沙石公路艰难回家。好不容易到了渡口，但在夜晚的寒意中，面对的还是白蒙蒙的一水之隔。于是，3人对向运河东头那间小屋连连求助：摆渡哎——老伯伯，谢谢你，摆摆渡……老伯伯，行行好，摆个渡……久之，东头的小屋有了灯亮起，又传来开门、咳嗽以及摇橹声……我们就在希望中过了河，带上尘灰，熬着饥饿，再走半个小时才到家……

那时，遇到这情景的人还多，有的还要艰难。所以，对着这个第一渡口，人们要求造桥的愿望是极为强烈的。分布的学校、机关、工厂、农场和学农基地挨着盖章诉求，可那时终究没有力量……

1978 年，改革开放春风起，运河两岸企业勃兴。1983年，在那座跨运河尹山双曲拱桥建成后，郭巷通了公交车。

以后，改革开放之风劲吹。渡口周边的路不断筑起、延伸。很快，东环路南延，1996 年，斜港桥、尹山大桥建成通车，使当时的东环线接通了南环线。

这时，郭巷这个第一渡口就悄然撤了。

继而，改革大潮奔腾不息，随着郭巷频频建起工厂、耸立高楼，其他的那些渡口也一个个跟着撤了，因为伴之而来的跨运河和跨上吴淞江、斜港河、高垫塘、大龙口港上的桥也一座座造了。

党的十八大以来，吴中区高质量发展走在时代前列，出现在郭巷大地上的嬗变也是前人无法料及的。在这里，我只说交通巨变就会使人感触的！如今，郭巷地面交通畅通，有26条公交线路经过，设有苏嘉杭高速公路、苏州绕城高速公路的两个道口，分别在境内运河段上建起6座桥，在吴淞江上建起4座桥，在斜港河和高垫塘上建起6座桥，在大龙口港上建起2座桥。在独墅湖第一穿湖隧道通车后，第二隧道已在加紧施工。2014年境域所依的京杭运河苏州段完成3级航道整治，2015年重建的双层斜港大桥及东环路高架南延段建成通车，2016年在这个渡口水底穿越的苏州轨道交通2号线延伸段运行，境内设有5个车站，乘车20多分钟就可到达市中心。在姜家社区设车站的轨交3号线，也将试通车。穿越境域的中环高架道和尹山湖隧道的建设正在快速推进中。还有在境内南北穿越的轨交7号线即将也要动工。还有……

啊！郭巷已高楼凌空、轻轨入地、高架道贯通……一个历史以往无可比拟的新郭巷在出彩亮相！

我站在这座当年让郭巷人日夜企盼的大桥上，直面林立的高楼，地面、高架上畅行的车流，运河上穿梭的机船，想到正于地下奔驰的轨交车辆……脑中忽又闪出一条破木船吱扭吱扭地摇动连同22个渡口留下的印记……我真的感慨了……

我久久站着。此刻，我凝视、神驰……仍是汽车、行船、列车，飞驶、争流、奔驰……

　　追梦路上，在此又一个立交点上，我相信这个重发青春的渡口，一定会融入当地伟大复兴的事业中并继续奋进的！

赭墩村造桥

那日下午，在尹东新村和苑内，78 岁的邹宜良，根据他祖父留下的传闻，向聚在一起的老者们说开了赭墩村造桥的往事。

赭墩村是个确凿的老村落，据村上原有墓志记载，这村早在南宋时就存在了。

靠近赭墩村，东边为镬底潭。镬底潭是个不算大的湖泊，旧时被称作蛟龙浦。此湖潭深似镬底，就连现在也是没被干过湖见过底的，因为它串在了江南水乡的一条重要航道上。

赭墩村后港河边两间住屋内，办过一所私塾。私塾前场地南头长着一棵大榉树，东侧是座架在后港河上连接前村、后村的三节竹桥。

这竹桥，一走上去就会摇晃得叫人心慌。于是，那年便由村上乡绅牵头，募资在后港上建造起了石桥。

虽说是造座单孔石梁桥，但对一个村落来讲已是个大工程了。那段时间里，全村人都在关注这桥的建造，工地上石匠的点心，是由村上境况较好的人家轮流提供的。

听说那个造桥作头大名叫和尚，姓啥已说不清了，只知道村上人都顺便称他石和尚的。这个石和尚当时年纪五十挂零，乡野汉子一个，长着旁人少有的健朗身骨。他手下几个年轻徒弟，也都个个长得敦敦实实、五大三粗的。这位石和尚不仅石工精巧，做活亦认真到家。自开工以来，他带着徒弟，一直起早摸黑在工地上凿石、迭砌。

就这样，师徒几人风风雨雨干了几个月，框式结构的桥墩、条石迭砌的金刚墙以及两头的踏步石阶就成型了。

很快，三块巨大的桥梁石也运到现场，几个徒弟便整日锻凿着准备起来。眼看着安放桥梁石的日子日益临近，这可是件关系着村落上众人的大事。

石和尚为人仗义，心肠也极好。他想，造桥求太平，要先护好那批学生。那时的人是极相信消灾避祸禁忌的，他就拿出来相传的上桥面梁石辟邪之法，吩咐那位私塾先生操作。

教私塾的朱先生就弄来阴干的桃树枝干，叫一位学生的木匠阿爹，把桃树枝干开出木条，刨平，磨光，锯成洋画片大小，又在上端钻一小孔。等到十几块桃木片拿到手，朱先生按老石匠所说，编成了一段容易读记的顺口文字后，磨墨蘸笔，用毛笔在一块块桃木片上认真写上了正楷字体：

石匠石和尚，有命造桥忙，

若是冒犯了，不关小儿郎。

于是，这所私塾里的各个孩子头颈上，都挂起了写上字的桃木小片。朱先生趁着又把这些词句教给了学生。这样，私塾内的孩子就都能背诵起这段韵味十足的顺口溜了。

不久，村落上许多人就跟起风来。那些上不起学，还有抱在手中的孩子，也都由家长制作好桃木片，央求朱先生写上字，挂上头颈后咿呀咿呀地念唱起来。

以后，待三块桥梁石锻凿停当，两侧"兴隆桥"桥名雕刻好，石和尚便与村人一起选定黄道吉日，又叫生肖相冲之人和学堂里的学生子先回避起来。等吉时一到，村上挑出来的二十多个青壮年便一齐拉起了四两拨千斤吊杆，只两个时辰，就叫那三块巨大的桥梁石服服帖帖落了位……

到村落周边开始稻谷飘香的时候，这桥就正式落成了。

那座桥跨在镬底潭边的后港河上，显得玲珑、结实。此后，几百年来，这座兴隆桥就一直提供众人通行……

"赭墩村造桥有些做法，虽带迷信色彩，但亦朴实、有趣。那位石和尚舍己为人保护孩子，也是应该称赞的！"这个文绉绉的邹老头，在结束他的热聊时，居然作了这段点评。

畅哉，斜港大桥

酷似古典乐器箜篌造型的斜港大桥，与隔水卧波的宝带桥并立成趣。

宝带桥是连拱的，53 个轻盈拱券抛于碧澄澄的澹台湖口后，又掠过京杭大运河的水面连上了斜港大桥的梁拱。同是优美曲线，一为石构，另则钢铸，让人看到了这一古今相通的绝妙穿越。

建于吴中区郭巷街道境内的斜港大桥是双层的。桥的上层与东环高架快速路南延段相连，南来北往的车辆正在这条空中大道上流畅通行；桥的下层双向 8 车道跟东环地面路接通，同样使过往的车辆畅行无阻；两侧慢车道、人行道，也是人车分离，流动有序……看到这一切，叫人好感慨：这真是座畅达、迷醉的钢铁大桥啊！

斜港大桥在京杭大运河与斜港河相交处，为水陆交通要冲。1935 年 2 月，苏嘉铁路开始修建，斜港河铁路桥亦同年开建。1936 年 7 月，铁路通车，但一年后的 11 月即被日本军队占有。日军在铁路桥北堍建碉堡、驻守兵，使周边镇民、村人，过往船家，不时受到欺凌。至 1944 年 3 月，日军溃败前强迫民工拆毁苏嘉铁路后，那地方就只剩下一条废路基和几个水泥桥墩了。这残存的旧墩，直至 1960 年代后期，为敞开那处水路交通才被航道部门炸去的。

斜港河西头的老铁路桥，就这样带着屈辱和痛楚没了。以后，这地方就设为渡口，以一条人摇木船来维持人员的南北交往。

扳着指头数年头，两岸的人一直企望在那里能造座通行之桥，可这条渡船却是无奈地晃悠晃悠摇了整整 52 年。

直至改革开放春风吹起，1996 年 9 月，苏州交通部门在原铁路桥址重建起了四车道悬弧拽拉式钢架斜港桥，使当时苏州大外环线的东线接上了南线。当数十年的期盼一成现实，周边的人自是喜不待言。之后，来往南北的车辆就在这座钢桥上日夜奔忙，为苏州交通大外环线成为坦荡之道发挥着重要作用。

又过十几年，随苏州城乡建设剧变，不堪负担的交通压力又使这座桥成了危桥。东环路开始拓宽，亦并建高架道，让这座处在节点上的重要桥梁跟着升级当是自然的了。这样，再经几年努力，2015 年 9 月，这座我市首座双层桥梁，在先前设计的基础上升级、又升级后终于建成……

双层斜港大桥所在为数河相交、五水汇合处，可谓河川壮丽、大地锦绣。斜港大桥与一河之隔的宝带桥，以及连接的澹台湖公园、近处的宝带桥公园相映成辉，使得中国大运河文明制高点的苏州段运河更加亮丽了起来……

在这座双层斜港大桥通车前夕，我与许多人就迫不及待地去感受了一番。走上凌空桥面，看巨大梁拱抛向空间，一条坦道铺在拱下，我这舒畅心情啊至今已难言表。那一刻，俯瞰东去的湍流，昔日那条在风雨中飘摇的渡船，几个伤痕累累的桥墩，还有周边的一些旧村落，一瞬间竟会在我的脑中逐一跳出……

从规模、造型，从通畅性看，斜港大桥都属现代化的。观之，也会使人昂奋并生出眷恋的。我搞地方志工作，写这桥、照这桥的次数已是很多了，可近日一个春意融融的上午，我还是上了此桥漫步，到桥周观赏、照相。直觉告诉我，无论从何处角度观啊、照啊，让人都会觉得这座雄伟之桥极是显露出了党的十八大以来的当地复兴。

桥周融合的城乡发展，亦令人兴奋神往。大桥南堍东侧，气势盛大的苏州粮食储备中心内，分布的粮食加工厂、粮食储备仓库以及粮油交易市场，连同附设的水码头、停车场，处处繁忙，一片兴旺。往东望，随个个旧村落消失，处处新家园建起，斜港河两岸已是高楼林立、树绿花锦。加之地面通衢、空中高架和地下轻轨带来的便利，当地居民正在切实

分享着现代化建设的成果……

　　拂拂和风带来灵气，催生的激情又串起时光长线。今昔对比中，我怎能不深爱这个正遍于中国大地的奋进新时代？我分明觉得这双层桥面上顺畅不息的车流声，正是这座恢宏之桥于贯彻落实十九大精神的开局之年，在以宽广的音域演奏着再创辉煌的乐章……

运河篇章

这里提及的是几十年前京杭运河的苏州段。随着时间推移，现今这个河段已经变得熠熠生辉。

1. 风 帆

那时候，京杭运河苏州段上的水运要依赖风力，运河上大大小小的船扯起了白色和棕色的帆。这些帆一道的居多，也有二道、三道的，它们被风吹得鼓鼓的，都在安然地推着船儿前行。

运河上风帆极耐看。风帆随风顺进，也有一些三道头的帆在凭借侧风逆行。这些大小不同的帆，有超行、有落伍、有逆进，亦有几扇黑马式的帆会急着转弯插入。偶尔，也有小火轮鸣响汽笛拖着船队行来，这时河面中即刻会闪出一条波光粼粼的道来，让那小火轮连同船队在帆桅林立间穿越……

运河上风帆终年不绝。春、夏、秋、冬它们总是在运河上流动，似乎这运河水面才是它们发挥所长、最能显露的地方。春日里、秋风中，运河水位不高不低，水莹莹的，风柔柔地吹，风帆便在水面上悠然飘动。冬日枯水，运河水面仍是不失丽姿。船工已穿厚衣、缩脖颈，但风帆是不畏严寒的，它们照旧袒胸露怀迎来西北风把船儿推行。最畅快的是在夏日，充沛的雨水使运河立时变得丰满起来。这时，这些张开的风帆似乎多了点随意，它们可以把船儿推得欢跳、推得腾飞……

运河上驾驭风帆亦舒适。运河环境大都宁静，风吹、帆欢，风帆推动船儿哗哗流，使得船舷两侧似太湖中快游的白条鱼样地分出了白白浪花。老话说：顺风扯篷，仙人眼红。此时的船老大啊，眯笑眼、偷着乐，正乘上岁月把悠然飘洒……

2. 渡　口

那时候，京杭运河苏州段上，还有许多渡口。

运河渡口很简单。运河两岸常是石头、木桩、泥土结合，弄几个踏级，算是成了个渡口。于是，叶叶扁舟在运河上来回荡悠，让两头的人跨向了各自的彼岸。

运河渡口都古老。那些充满色彩的传奇、轶闻，凭着代代口述，亦能传承不绝……

运河渡口历坎坷。渡船贴水浮行，底下也坑洼不平。渡口处空寂僻野，风雨雷电、冰雪涛浪易肆虐发狂；渡口设水陆路旁，兵燹、惊吓，常纠缠不放……

运河渡口有贡献。渡工点篙摇橹，渡船给人便利。二十世纪五十年代，渡口加强管理，驳河埠、立渡牌，成了官渡的渡口迎来辉煌。它们连通集镇、城池，渡费收几分，聚会增、积也丰。58年，渡口归集体，使摇摆渡的生产队年终分配叫人眼红。于是，摇摆渡被说成扭金橹绷。这金橹绷让所在村落很快造起了楼屋。

改革春风吹。运河两边开始勃兴，人们纷纷跨河做工。橹绷照常扭动，运河处处添彩。换上钢驳船的渡口仍是累了：渡船塞满人和自行车，让人心慌的是渡人还在争抢上船！人们日夜祈盼运河上能早日造桥……

改革大潮涌。河边的路筑了，运河上的桥接连造起，渡口等来好梦圆。运河上每架一座桥，一个渡口就撤了，撤得极自然。完成使命的渡口心底坦然，对着眼前凌空的桥似在说：我老了，该撤，好欣慰……

3. 纤 道

那时候，京杭运河苏州段，有条长长的纤道。这纤道临水、贴岸，紧依古运河延伸。

这条纤道不平凡。经风霜、受雨雪，它随运河开凿而存在，随运河奔流而延伸，虽历千年，陪同不变。遇汊港，以纤桥相连；碰洼地，筑塘路沟通。这纤道啊，延伸、再延伸——始终不会断头。

这条纤道作用大。运河水运繁忙，很长时间需仰仗风力、人力。在风力难以借上时，以纤绳相拉是要胜过人摇、手撑的。无数颤动的腿、副副负重的肩，拉着逆风方向的船，硬是顶风行、迎难进。千余年来，这纤道助帝王龙舟、达官游船以及京城漕运得力，让民间商贾、渔、农，水运便利。依着纤道长长延伸，随同双腿和两肩无尽支撑、挺拉，造就了昔日的奢靡和现实的期盼。

这条纤道能寻味。它直直弯弯，多数泥路凑成，也有砖石铺就、拉纤石桥相接。纤桥呈梁式、拱形，桥孔有单孔、多孔。拉纤现场有看点：纤绳荡悠悠，纤夫颤步步。相交时，眼看纤绳将要缠绕，凭着眼疾手快、彼此呼应，却能快速理顺，重走各归各的路。

人少寂寞时，也有纤夫喊出号子、唱起小曲。不过，绝不会有人唱得出情歌《纤夫的爱》中那种激情的。

如今拉纤功能不再存在，这种记忆已在淡出。然而，苏州段运河，有幸于吴江区内还抢救下了一段"运河古纤道"。看着这些旧青石上留着的印迹、创痕，还是极能让人寻味、让人顿首的……

这晚上，月光闪烁

与妻最后离开老宅，已是过了国庆节的晚上。

丈量、评估、签字，我家住屋也完成了拆迁手续。

这楼屋终究是要拆的。10 余年来，在本街道已有 130 余个村落逐步走完拆迁安置过程的时候，包含老集镇的我家所在社区，以及临着新街区的那个社区的老宅也开始了拆迁。半年来，来势迅猛。

至今，我一直生活在这处住屋里。年幼时，听祖父说，我家这所五柱支撑的平屋，是我祖父的祖父 3 岁时，在他父亲和祖父手里造起的。我推算，那应是在距今快 200 年的清代道光年间了。自此，含我在内的 4 代人都出生在这片屋地，在我之前的 6 代人也都是终年住于这片屋地的。难怪，父亲生前常说，这是我家的血地。

清代、民国，至新中国建立后的 1978 年，我家人一直居住在这 2 间平屋内，尽管住屋早就倾斜着直露沧桑，但老屋总还是老屋。次年秋天，在我手中，从原有的2间老屋向东接造了3间新平屋。我与兄弟各立门户，居东的3间归我。新房敞亮，窗对开，檐伸出，屋前亦有了庭院。院里种花栽树，之后花就次第开放，树亦长出今之繁茂。

这是我家的一次改观。那年，神州开启了新征程。

1990年，国人不再寒酸。我亦怀着新向往，于当年暑期原地翻建楼房。外形我自行设计，在东间楼层加上折角阳台，窗户对开，白水泥粉墙，滚轮脊按顶。造好后，这座白亮亮的小楼，引得走上我家东南侧拱桥的路人，不时地驻足点赞。随后，各种家电接连进了新屋，我家也成为小康之家。

这更是我家的一次大改观。此时，国家正在走向富强。

……

又过20余年，神州展翅高飞，家乡亦日新月异。我家周边已是高楼林立、轻轨入地、高架道贯通……家乡开始出彩亮相，我家那座小白楼便滞后了——水、电、气使用跟不上潮流，环境卫生、公共照明低了等级，自家的轿车也只能每每泊于弄外远处……眼见着众多村落的人都住上了便捷的新楼，妻等急了，常念叨着要拆迁改善。可丙申年到丁酉年，又到戊戌年，拆迁才轮到我们这片人家。

地方政府暖人心，选定了让人满意的安置地块。可这座自盖的小楼要拆，还是有些纠结的。

搬动家什极辛苦，搬前，要整理。儿子说整理时要大胆精简，儿媳道必须闭闭眼睛舍得丢弃。真难煞我俩！不说家具、衣着、电器取舍难定，就是经年累月的藏书也是挑了又挑，卖去好几百斤后，才包起搬走的。然而，还有几扇能够触摸岁月的斑驳小门仍不想舍弃……

自溽暑难当忙至秋意已浓，家中才渐成空屋。其间，妻于客堂内，郑重其事地为祖宗过节，烧了一堆锡箔锭……

长于盛期的金桂银桂在怒放，小院正被浓重的幽香充满。倏地想到，自家住屋的几次改观至这次更高提升，从时间纵轴看，无疑在这改革开放的 40 年中是最快的。

墙边的蟋蟀，还有其他的秋虫一直闹着啾啾，桂丛间有鸟儿在扑棱，窸窣地撒下了几阵花瓣……我不禁思忖，它们也送行？也难舍？

妻默默无言，她的依恋比我强烈，这与她平日对美好生活的向往似亦矛盾。我就说，要想开、放开，这是在推助时代变迁，这片土地，很快就会书写出崭新篇章的。

怀着敬畏，两人又对月光下白晃晃的楼屋、东南处黑糊糊的树丛（那里移埋着祖父母的遗骨），分别跪着深重地磕了三个长头……

我俩出院门，关上、锁好，又去看过东头我笔下的东浜桥和那个条石厚重的大河滩，还有那棵年长的老榆树后，才慢慢地走完两段道板弄巷的。

皓月当空。这晚上，月光如碎银般闪烁……

窗外这棵石榴树

这棵石榴树就长在我书案前的窗户外。每每视野所及，这树的形态总是回避不了在我眼前出现的。

多年前迁新居，儿子在宅前小院栽了棵石榴树。这树造型好，当初栽下时就不小。绿化队师傅说，门前所栽为观赏品种，石榴花开高雅，石榴多籽（子）意为子孙满堂，体现好口彩。

观之，赏之，天长日久，我感受到了这棵石榴树对于四季轮换的显著感知。

在肃杀的冬季，这棵树无声无息，那僵直的身躯似乎已处枯死状态中的。随着春的信使款款来，山茶花开，玉兰花放，其他的落叶乔木也都冒出了暗红的芽。然而，这棵树的细条上那些似芽非芽的小粒，却一直还同树身一样灰褐。

待到春风时节，当旁边一棵红花继木树桩在阳光下闪出满冠艳红时，这棵石榴树才羞答答地钻出来一粒粒细芽。而

后，春雨潇潇，细芽长大，在转为绿中夹红的叶子后，很快就在灰褐色的枝条上布满。

随天气升温，这棵石榴树形成的树冠，像一把绿伞似的撑开了。叶子长得密，使我伏于书案，再也不能透过枝干看到对面与我家一样，有着浅黄色墙砖镶边的住楼。

这棵石榴树开始提速生长。不久，树冠变得葱郁起来。

随后，石榴花悄悄开出。花呈橘红色，鲜艳至极，密密地分布于枝叶间。花托也为橘红色，花蕊是淡黄的。这些花次第开着，一朵朵像小灯盏似的朝上、朝下，朝向各个方向。它们散出淡淡清香，对向站立树下的抬头观赏者，似在逗人发笑。

日晒，风吹，石榴花瓣频频飘下。花瓣飘落走道、草坪、榆树盆桩上，让它们得到点缀。随着夜来风雨起，掉下一批多角的花托后，那上面便不知不觉地生出许多小葫芦似的果实来。

这就是小石榴，橙黄色的，在向阳那边的枝叶间尤多，更生动。这些小石榴荡在枝条上，从色彩讲，已让剩下的几盏过年时挂上的褐色小灯笼自愧不如。

夏天的脚步临近，这棵石榴树的树干、枝条撑起的上半部，变得十分茂盛了，加之小石榴生得多、长得快，风雨中，让那些并不粗壮的枝条现出了重负的感觉。这时，在向绿化队师傅讨教后，我就对石榴树进行了整枝。

盛夏时，这棵树就显得疏密有致，石榴分布均匀了。

中秋时节，挂满枝条的大小石榴开始从橙黄中泛出红晕。细雨一下，小水滴顺着油亮的石榴皮在慢悠悠地下滴。

我细看这红晕，它们中间还夹杂着丝丝的褐色细纹。那样子，就像当年我去西藏旅游时，见到的那些孩子脸上留下的调皮而生动的高原红。

渐渐地，挂在树间的石榴长得更是水灵、引人。好多过往人见之会驻足，会发出"多美呀！""好漂亮啊——"这类的感叹；有的推着童车的老人也会停车于树下，指点着将幼儿逗引。确然，秋阳下，这些石榴一直在定悠悠挂着，存在得很长久，像是特意要多留出些时间来给人们欣赏似的。它们绝不像那些香气四溢的桂花，当大家赏兴正浓时，一阵细雨就零落于地化作泥了。

霜降过后，树上所剩的石榴越发成熟，给人有了一种老成的感觉。胭红夹杂淡黄，是一起渗入榴皮间的。和暖的秋阳下，这鲜色在闪动着炫耀。

绿化队师傅讲，这种观赏石榴树，果子多，长得小，不宜食用。为此，我们一家人，从不去摘这棵树上的石榴的。这就使得在铺满绿色的小区内，立于三岔路口的这棵树上长得生机勃勃的红石榴，好似专为留着引人的。

已有好几次，小区幼儿班的女老师，牵拉着握住红手环的十几个五六岁的孩子站到了这棵树底下。孩子们昂起头，闪起惊奇的眼光，看着老师指向这棵极为注目的石榴树，听讲这些奇幻的红果子——这一讲啊，可让孩子们知道了，在这些果子里面包着的一粒粒水晶般的石榴籽，它们都是紧紧地抱在一起的……

这些猫

J小区内有着一些流浪猫。

这些猫从周边聚来。它们胆怯、瑟缩，以搜食残羹剩饭，睡地下车库角落度日。

白天，它们大都卑怯地趴在灌木丛中窥视，一脸迷惑地望着那些被主人牵着的优越感十足的萌狗狗……

忽一日，J小区内全换上了崭新的垃圾箱。那是墨绿色的，方形的，高大有盖，装有轮子。箱壁难以爬上去，箱顶还盖得紧紧的，垃圾投放点从此没了残羹剩饭。猫断了生计，纵然小区环境好，但花草树木亦不好充饥……

这些猫慌了，开始嗷嗷叫唤。很快，它们憔悴了，拖起瘦弱的身子。

于是在晚上，甚至白天，只要无人，或有人不防时，这些猫就对住宅下手：它们溜进院子，爬阳台衔晾晒鱼肉，捅纱窗抓灶台剩菜……半晚三更还会放纵嚎叫……

它们此等行为，终于让小区里的人头疼起来。

……

时间在不经意中流去。至某时段，许多人有了一种感觉，这些猫不再扰动，变安定了。随后，战"役"宅家期间，我于小区内健步时，也见到了 27 幢楼东侧电讯水泥方盖上，有人在投放猫粮。那投放是坚持的，一日 3 次，量很多。

有次，我遇到了那个人。一位纤弱的阿姨，60 多岁光景，弓着背正往几只塑料软盒内放猫粮。

我走上前，与她交谈起来。

我说，真是位爱心人士，不容易。

她侧过头，用纯正的苏州话应答，看看这些猫瘦得嘞，实在是作孽。

你每天都投放，全是自己买的？我喜欢弄个明白。

一天喂 3 顿，自己买猫粮，算下来 2 元 6 角 8 分一斤。这里每顿有 9 只猫要来吃粮。她直起身，退开几步，又提高声音说，有些人真是咯，养了宠物么，就应该负责到底的……

我赞许地点起头。

一只灰狸猫粘到她的脚边，一遍遍地缠绕起来。"俫看呐，亦来嗲哉！"她温柔地笑着自语。转而又告诉我，北门那边有一拨猫也有人一直在投粮。

我目数眼前的猫，真有 9 只，毛色黑、白、灰、黄还有夹色的全有，有几只身段已显得发亮和胖乎起来。

......

我仍早晚健步，天天数次经过那个猫粮投放处。我见到这些猫似乎不再心神不宁了，每日3顿都能按时聚在那里用餐。

以后几次，我见到一位小女孩站到那里看这些猫用餐，过后就引逗那只漂亮的小白猫玩。

那天傍晚，我见到这个小女孩与她的母亲一起站在那里。她母亲说，给它们投了几次粮，好像已经认识她们了。

谈话间，我了解到小女孩姓潘，是附近ＳＨ实验小学3年级的学生。父母是双职工，父亲苏州人，母亲是泰州人。

小女孩的母亲又说，女儿喜欢猫，这只小白猫更喜欢，刚才还给它加喂了鱼。

我说，喜欢么，领养吧，给它起个好名。

小女孩和她母亲都笑着，像是默认。

第二天，又在那地碰到她俩。小女孩说已给小白猫起好了名，叫"白玉"。

我听后就说，这名字，让人喜欢。

她母亲说，这只"小白玉"与她们家挺有缘的。今天，给它带了营养罐头。它吃了一半，剩下的交其他猫吃了。

这时，我看到这只"小白玉"正挥着尾，两眼盯住人，撒娇地绕着小女孩转。

我再注视"小白玉"。它长着一身洁白的柔毛，眼睛水灵灵的，很黏人，在这群猫中，最是惹人喜爱。

看了一阵，小女孩的母亲告诉我，这只"小白玉"本想领养的，窝也准备了。后来小女孩的爸爸说，女儿很快会复课，家里没人，养不了的。她停一下又说，还是常来看看它吧……

后来，母女俩往南边家里走了。我看到"小白玉"也一直在跟着她俩前行。走一段路，至拐弯处，小女孩母亲扭头对它说了句，不要跟了，回去同小伙伴一起玩吧——"小白玉"便顺从地停下脚步，依恋地望着母女离去……

我在后面，看呆了。我想，人类关心了生灵，这些生灵真是会有感知的。

暖　流

农历正月初四，清晨。J 小区内一幢幢住宅楼还弥漫在雾霭中。

打开手机微信，小区微信群立即出现了一条醒目的信息：苏州 48 位"逆行天使"今晨出征湖北。稍后，又是显出一条信息："我小区 B35–101 室张护士长，深入疫区争当"医路先锋……""

这 60 余幢住宅楼，已在冬雨中浸泡一阵了。当日雨止转阴，全小区居民仍是原地不动宅在家，但张护士长的出征信息已让 J 小区的微信群内安静不下来：

　　向张护士长致敬！

　　向这些"最美逆行者"致敬！

　　一方有难，八方支援！

　　加油苏州，加油武汉，加油湖北！

为你们鼓劲，为你们壮行！

请加强自身保护，我们迎接"医路先锋"胜利归来！

……

潘姨这几日，总处激动中。先是接看和回复接连而来的微信，已使她与老公被弄得手忙脚乱起来。还有，媳妇出征的第二天，经那个"爱灵通"微信号一倡议，群内便引起一片响应：

潘阿姨，家中有困难我们来帮！

我们去不了战"疫"第一线，就要努力为出征战士解后顾之忧！

……

经知情健身舞友透露情况后，随即她家楼前小院的石台上就不时地摆上了各种蔬菜，甚至还有数量不等的鱼、肉荤腥……这就难着了潘姨和她的老公。潘姨心想，要说困难吧，总是有的。媳妇去了湖北，内科副主任医师的儿子也在医院整日整夜地忙碌，家中70余岁的老公腿脚不便，11岁的孙女也在宅家。原本家里的食材和生活物品，都由媳妇、儿子开车带回。如今，这些都要由自己承担，小区离超市和菜场亦远，这让人确实犯起愁来。她转而又想，这样帮着送菜好是好，可总不能老麻烦大家，况且这菜钱也得给啊！

她与老公商量后，就在群内反复说明：

　　各位亲们，谢谢啦，领情，领情！恳请送菜者亮名、明价，让我也好按价付款，我家可不能白吃白拿呀！

得到的回答是：

　　医者仁心，我们出点小力，应该，应该！
　　……

眼见接连说明无效，潘姨开始心急如焚起来。于是，她在群内连发了两次微信：

　　亲们，请不要再送来吃菜了，我们家已拒收！

接着是添加上了3个表情——看我的大白眼。

一时间，一边要送菜，另一边拒收菜。好事变僵。

还是热心健身舞友协调，最终想出办法：这事由群内热心快递配送Z小哥来帮助解决。

热心健身舞友又帮潘姨与 Z 小哥接上微信联系。于是，潘姨就与 Z 小哥商定，需要时先由潘发出购买信息，再由 Z 把食材和物品采办好后放上传达室货架。潘姨就戴上口罩到货架取货，一边又按付款单子以支付宝形式还钱。

战"疫"还在进行，各家人仍是宅在家。J 小区微信群内，群友频频刷屏，充满温馨、充满关怀。小区内外，忙碌着保安、物业人员和快递配送小哥……

过不久，潘姨还是想起了开始时未付的为她购菜那笔款项。她与老公估摸着那笔钱要有 50 多元，觉得这钱还是要还，去还谁呢？她在群内多次提了，可谁愿拿呢？这让潘姨心心念念着这件事。

下午，群内有人发起了向疫区捐款。她欣欣然响应，忙与老公商量，爽快捐出了 800 元钱，又以 J 小区微信群名义再加上 58 元……

微信群内又多出了对她的一阵点赞。潘姨一一看着，禁不住面向老公笑开：

为抗击"疫"情尽点微力，应该的，应该的！

这事做了，她与老公都觉得心里总是暖暖的。

天近傍晚。潘姨步入楼前小院。这几日，一直暖流涌心，加上连续两日太阳光照，她觉得此时室外温度已并不再低。

楼宇西侧留出的天穹间，还残留着晚霞淡淡的余晖。

她在小院中走上了一圈，一抬头，见到那轮如钩新月正好挂在西边那幢楼的顶头上。猛记得，明天是初八，过几天就要立春——春光流动了，那个美好的季节即将到来……

理发手艺

数月前"抗疫"宅家，一家人吃、睡不误，电视、电讯畅通，看书、写文照旧。

家中男丁却出现理发危机。我且不说，偌大年纪，本就少发，几个月忍忍无妨。孙子正韶华，刚刚入大学，长发缠成了喜鹊窠。中年儿子，原本月月理发，此时已发长、头痒得难受。

那日，儿子向我开口："爸，熬不住了，帮我理个发。"

儿子有求，自然应允。于是，我拿出家中理发工具，妻和儿媳清好一处地方。随电推剪微微抖动，长发纷纷下落，一旁孙子看着只是眯笑轻语。

很快，头发理成，我的感觉不错。掸尽短发，儿子走向浴镜扭头几照后一笑：可以。

我又试图整修"喜鹊窠"，却当场被投了个不信任票……

看官会问，你怎藏此手艺？其实，此艺有之久矣，家中妻子剪发，40余年来一直由我服务。

至于要说此艺由来，那得提及二十世纪七十年代我之经历。其时，我在故土乡镇中学任教。学校初始只几个班，且中、小学校挨近。就在那次学雷锋活动中，学校购置了一套理发工具。

几位教师就开始摆弄理发、剪发活计。随着坚持为学生、老师免费服务，各人手艺也获得长进。此后，我在家里也备了理发工具，包下了妻子、儿子的剪发、理发，还成为小学几位女老师，邮电所、公社机关俩女士的专用剪发师。女式剪发，那时流行简便游泳式，也就削发、剪齐，后颈轧去一点短发，修好鬓角和刘海就行。以当时我这剪发式样，相比老街上两家理发店里师傅来也是不差多少的。

再说当年为儿子理发，甚为有趣。儿子是独生，生下就由我理发。他上2、3年级起，还有了个要边理发、边讲故事的附加条件。

那时，我给儿子理发就坐在新翻建的老屋门前场上。那场是我用业余时间以乱青砖侧铺成的，右角处长着棵栽下20多年、正蓬勃生长的茂密榉树。树内侧有口水井，临井置有水泥台板。

这理发所讲故事，常是要儿子自点的。点得最多的是《小兵张嘎》，他似乎总不听厌。时间大都选在放学后，父、子空，他母亲也下班，可打开煤炉烧好水，理发过后帮洗头。

吸着那棵绿榉树的清新气息，每次系好围布，按约正要进行理发时，对门张姓双胞胎兄弟，西邻谭家姐弟，亦会迅速聚来。他们挤板凳、坐井栏、靠台板，一齐伸长头颈等待开讲。

久讲《小兵张嘎》，为产生效应，我每次都是要加点彩头的。张嘎协助罗金保叔叔教训那个胖翻译的情节是最好发挥的。我边轧推剪，边添油加醋地讲开：

……胖翻译喘着大气，来到营盘外地摊前，挑起个大西瓜随手就打开享用，嘴上还说："老子皇军翻译官，吃个烂西瓜还要钱？"

罗金保说："请用，先请用！"胖翻译坐上矮凳，双手捧着大口大口用完半个西瓜，凸起胖大肚，呼哧呼哧再想吃另外半个。谁知张嘎已绕到身背后拔掉了他那支"王八盒子"，同时罗金保夺下半个西瓜用力朝他头顶上合了下去。一时间，胖翻译头、脸淌满瓜汁，掉去眼镜后，眼前成了恍惚一片。他正想发作，罗金保脱下草帽露了真相："你眼前的是八路军侦查员罗金保！"大名一报，胖翻译登时吃了一个大惊吓，就吓得把刚刚喝下的西瓜汁全都流到了自家裤裆里了……

胖翻译跪地求饶。罗金保对他教育了一通。这

个平日依仗狗势作威之人，今已瘫成了一坨泥，围
看的众人个个觉得解气……

这时候，人群里有两个相同面孔的小男孩看着直眨眼，
那个黄头发小丫头更是笑得咧开了嘴……我趁势亦把眼光转
向了旁边的小听众——"啊，啊——说伲，倷说伲——"，那
几位小鲜肉觉察后，立时大笑着叫了起来……

老家拆迁，我搬入儿子新寓，理发工具仍带着，还换
上了粗、细两把电推剪。那次，我自己去专业店理发，
妻子也跟着。那位中年女理发师得知她的发是我剪时，便
赞扬并叹苦起来："这剪得确实蛮好，怪不得我们没有生
意哉！"

前几天，邻居马婶、杨嫂到我家，见我正为妻子剪头发。

马婶问："你家先生学过理发？"

我妻答："没学过，瞎剪的！"

杨嫂说："剪得跟小区门口理发店没啥两样！"

马婶回头对我笑着说："陆先生可在门口挂个牌子，打出
剃头、剪发 10 元钱一位，不少老年人一定会来的！"

我说："收费就不要了，方便时搞搞义务吧！"

"阿是真咯？"马婶直起身子认真起来，"等到明年 3 月
5 日，就报名参加小区学雷锋活动，写块牌子，义务理发、
剪发！"

"大家要支持小区开展学雷锋活动——"杨嫂顿一下，拉长声音又说，"到时——就跟着陆先生一起去学雷锋！"

我顿觉不好意思起来。要紧说："到时大家一起学雷锋，我理发、剪发，你们帮洗头！"

好，一言为定！此事由马婶、杨嫂、我妻同时敲定。随即，几人目光相接，一起笑了起来……

想起泰安桥

让位市政建设，老家拆迁，老两口西移住入儿子居所。

此小区建筑风格为周边特有，花木繁盛，雅洁处处，我俩住下两年后也就适应。

然而，每每静思，遐想，我还会想起那个处于京杭运河东边的故乡，想起故乡集镇上那座灵性满满的泰安桥。

这座泰安桥是我故乡郭巷集镇上的单孔石拱桥，南北走向，清代光绪二年（1876）五月建成。

桥的东西两面明柱刻有桥联。东联：东接尹湖渔人网集，西连笠泽估客船来。西联：物阜民康受之以泰，山清水秀静而能安。两联饱含先辈希冀，加之阴刻字体清秀、遒劲，让人直觉得好美。桥南西侧金刚墙上，嵌有《重建泰安桥碑记》。全记千余文字列出120多人、10数爿栈堂店室的募资数额以及此桥造建开支。十几年前，这些文字还清晰可见。我曾竭力想从中找出陆姓人名来，看看可有我家祖辈，知道他们的

捐款数。遗憾的是没找到，我家祖居就在泰安桥近处，虽是平常人家，想想祖上也定是会捐出的，许是数额不到，还不够上碑吧。

几年前，建桥陈姓发起人有位移居台湾的后人，思念家乡，索求泰安桥和那块碑记字刻照片时，我发给他的只是几张桥体照片，因为这时那段文字已经模糊不清了。

近二十年来，许多时间里我在编纂当地方志。我为这桥多次写就的文字、摄下的照片，载入了各级的地方志书。我还与人一起认真丈量过这桥的全长、中宽、矢高、跨径等等，测定过她的经度和纬度……关于这桥，总是想要尽可能多地了解一点，因为我真是对她动了感情的。

我忽然想起了二十世纪五十年代末的事情。那年夏天，老街上一位在福建林场工作的朱姓青年，回家探亲。朱青年，高大魁梧，满身健壮。那次，我见他悠然走向泰安桥，又定定地站到桥面栏石上，对向桥拱西侧河水，亮出了一个漂亮的鱼跃跳水动作。当时，只听得"嚓"的一声，水波微漾，很快，朱青年就从水中钻出，伸一手抹把脸，又以自由式泳姿，顺流快捷游行一段后，眯眼泛笑着躬身走上临近的一个河滩上岸。

一时间，四周众多惊叹、钦羡的眼光，都投向了他那身淌着水珠的油亮肌肉。要知，这可是在六十年前啊，能惊现此等跳姿于一个乡间集镇，怎不叫人惊叹不已？

以后，渐渐也有了一些孩子在泰安桥栏上学跳水，甚至亦有胆大的女孩从稍低的桥耳石上跳下去。不过，那些姿势都是竖桩式和跨步式，全不能与那位朱青年相比的。至于我，只能在桥洞戏水间爬到桥墩的水盘石上，胡乱地蹦几下。要说走到桥面跟着跳水，那是断然不敢的。原因是在我每次去集镇西南的尹山村落，走上跨运河14米高的尹山石拱桥，从桥顶往下望时，竟然两腿间就会慌乱地酸软起来的。

144岁的泰安桥并不算老，她只是经历了一些时空的翻篇，在这些时空内，她还是可以见证当地的往昔和新生的。

就在这桥的北堍老街上，她见过魑魅猖狂、民众反抗、黑暗消亡、人民新生。北堍近处为当地市集和镇事展示区：菜市、茶馆、书场、店铺、吃摊、人摇客运航船泊位……曾是纷繁、错列；大字报、大标语、辩论会、批判会、游街、示众……有过凌乱、迷惑；百业兴旺、市场繁荣、人民乐业……正现新开创、心向往。

当然，这古意缭绕的泰安桥头也是充满亲民氛围的。夏日之晚上，适宜的白天，两边的石栏上总是坐满了人。乘凉、歇息、闲聊，那里是绝佳处，又是成了信息汇总和扩散地。

如今，那里已为群楼围绕，近处有公交站，还设了地铁口，泰安桥周成了闹中清静处，出入方便地。

苏州轨道交通2号线延伸段在境内建设期间，我遇上一位来自北方的黑黝黝的"中铁"技术员，正在兴致勃勃地欣赏泰安桥。他问我，桥联中的"笠泽"是何意？我说，是指太湖。他领悟后，随即不住地赞叹，真美，真美啊！桥美，桥联美——我知道，这桥在当地人心中的地位。

我赞同地点起了头。

拗不过思念，那天，我还是去了郭巷，去看了故乡集镇上这座久久萦怀之桥。成为市级文保单位的这座花岗石构单孔拱桥保存完好，仍在提供人们通行。

我见到，明柱上绿色的桥联闪亮亮，桥洞里清澄的湍流响连连，这桥真的一直是好欢快……

1948 年的秋天

吴中区郭巷老街 50 号住房内，1948 年秋天，中共地下党组织以开麸皮饲料行设过联络站。

一批地下党人，以此为基地，联络老街西头西栅口杭记椿作人员，以及苏州城郊和吴江等地的地下党组织，配合发展形势，以秘密工作和组织武工活动迎接人民解放军南下……

每次，站到檐石滑亮的这处住房前，我的心绪便会激动起来，便会禁不住地想起 20 年前编纂当地志书时采访到的那段往事。

1948 年的秋天，吴县苏州区郭巷镇的郭巷老街上，还难看出时局影响的迹象。

这个乡间集镇，就一条 400 多米长、2 米 ~ 3 米宽的老街。

老街河街相依。南侧，郭巷街河之水淙淙东流。那水自西边太湖来，经木板桥面的红板桥，过石拱泰安桥，再穿青龙石梁桥，流入了有着 8000 多亩水面的尹山湖……

老街开出 70 余爿店铺，都涉及生活类、农副业类的，有趣的是这中间茶馆店倒是占了 13 爿半（另有半爿兼营烟酒杂货）。

清晨。远近村落的人，过桥、穿弄，时常要来上街；尹山湖的渔船，摇橹、撑篙，靠到街河边上。

老街热闹起来。农人讲究实惠，少数人吃早点、买吃食，大都办完事就回家；渔民卖完鱼鲜，添置所需，还会相聚喝茶、饮酒，自是喜怒哀乐……

老街离城 10 余里，全被河港所围，店主看守店铺，惯常清闲……

一个飘着淡淡雾霭的清晨，老街多了一爿烟纸店，开在清代李氏节孝坊西隔壁。店主是对来自无锡的聪颖夫妻，男姓朱、女姓陈，是经同乡人、早在镇上经营的算命先生濮某介绍前来的。

不久，再经朱、陈接洽，老街中段耕心堂东落房屋内，又开出了一爿麸皮行。

麸皮行独家而开，西侧是缪记小猪行，显得顺理成章。

麸皮行老板姓张，亦无锡人，老成持重。张老板每个礼拜到行一次，平日由姓徐的账房和一个姓张的伙计经营。行内雇一条运货大船，船主姓马，用两个男伙计摇船，麸皮从

右首一间房为麸皮饲料行旧址

无锡运来。

耕心堂房主姓黄，自在正屋开着灯草行。那一日，黄老板倒是替麸皮行盘算起来：卖出去便宜，开销亦大，阿要蚀本？

他不禁问开。张老板笑而回答："勿急，勿急，开店信誉为本！"

以后，这朱、陈所开的烟纸店也搬入麸皮行门面经营。

麸皮行稳稳开着。行里进货、送货，股东、客商来往，行里人与街西头西栅口杭记椿作以及吴江石灰窑等地人员频频联络……

老街平静。几个旧镇公所的自卫队员，为土生土长兼职人，有时背条破枪游荡，没人理会。

有次，夜幕降临。陈拎老酒去杭记椿作送娘舅。这娘舅为杭业主，是他在无锡收购树材时的朋友把陈扯上沾亲关系的。

去西栅口，要过泰安桥东北埭镇公所。自卫队员长脚阿四正在守门，见陈拎东西，要紧喊："大妹子，拎点啥？看看呐！"陈听伊要看酒瓶，想那个不能让他见的，瓶口还藏着东西。

陈就说："咯瓶酒勿好，我到店里去拿好咯给你吃！"说完转身回走。陈叫老公另拿瓶老酒加一包花生去打发。

拿到吃的，阿四独享起来。未满半个时辰，陈回转再过镇公所，见那阿四已靠着大门进了睡乡……

老街西头西栅口杭记椿作，秋后亦热闹。坊前河深水宽，几棵遒劲大杨树下，是前来修理农具和过往船只的带缆场所。椿作主人豪爽，除开帮工木匠，也让算命先生、卖布客、挑担换糖人住下歇脚。

深秋时分，无锡来了位中等身材、精明干练的吴姓算命先生。

吴来后，常持阳伞和算命牌，带上身份证明早出晚归活动。吴回作坊，便在房内记文字，标图画。还是毛头小伙的杭家二儿子杭小金土，无意间见到吴在灯下画河、标桥。小金土好奇询问，被吴以下乡算命需熟悉路径搪塞。

一日，吴收到麸皮行"东西"，要急送"别处"。那"别处"在石湖杏春桥边，吴路不熟，就叫关系不错的小金土带路。

这一日，小金土随吴起个特早，在初冬的雾蒙中上路。那时，郭巷到杏春桥全是湾岸、田埂，还要摆渡过河。一路静寂，行程安全，雾沉沉的周边，也让他俩兜了弯路。

近新郭村，东方显出鱼肚色。踏曙光，两人要紧赶路。很快，他俩到石湖边，翻越城桥。常到上方山赶庙会的小金土对那里熟悉，领吴径直走向杏春桥。

东边天空，朝霞飞满。霞光让那座9孔古石桥披上了异样色彩，小金土感到古桥望柱头上的一只只坐狮都在笑着欢迎他俩。

过杏春桥，两人到北侧沿河。棚屋铁匠铺内，吴找到要见的人。杭一看，这个大胡子年轻人身材魁伟。吴支开杭后，就与大胡子密谈……

他俩离杏春桥，东边红日已升。此刻，小金土看到，这红日穿雾而出特亮丽，正把石湖周边的山山水水照得迷人起来……

上述，是我从前辈乡人杭金生（小名小金土，离休干部）、黄培生（灯草行老板儿子，郭巷集体商业职工）处采访所得。他俩说，1949年初这些人才陆续撤离。

新中国建立后，杭、黄等人才知当年包厚昌、赵建平、钱茂德等中共地下党人员在郭巷活动，他们还与其中的人有过交往。这些人在部队和各级政府工作，初时，包厚昌任无锡市副市长，算命先生吴新甫担任人民解放军某部政委后南进，赵建平任中共无锡县委副书记，麸皮行老板张卓如任无锡县副县长，大胡子铁匠钱茂德任吴县副县长，吴江石灰窑朱帆任吴江县副县长，账房徐正华担任常州市商业局领导，烟纸店陈霞英任无锡县妇联主任，有位木匠当了江苏省公安厅处长……

站立这处革命遗迹前，我又想起了采访到的这段峥嵘往事，前辈们为催生新中国而奋斗的经历重在眼前呈现……

说起了古尹山桥

古尹山桥，曾是跨卧在宝带桥南部 1.5 公里处的京杭大运河苏州段上。

这座明代重建的单孔石拱桥，一直占有苏州古石拱桥高度之冠。

古尹山桥（照片选自资料）

历史原因造成古尹山桥在 1981 年被拆，可在关联时提到这座桥，人们还会自豪地说个不完的。

数天前，经我的一篇报载文章触发，我与妻子也热烈地说起了这座桥。

我说，从年幼时算起，我已许多次地踏上这座桥，来往于运河东西两岸的。不过，与人不同的是，每次登到桥面，我只敢看看那块刻有花纹的方形桥心石，而不敢走近横在空中的桥栏石往下望的。要是望了，我这两条腿就会酸软起来的……

妻子淡然一笑，说："这是你被这座桥的高度吓着了……"

看着那张刊于报端的古尹山桥照片，我不禁说开了那次在这座古石桥下的经历。

1970 年代，我所在公社中学规模还小，教师除教主课外，还得兼上副课。这样，身体强健的我，兼起了几个班级的体育课。这年夏天，为参加县中学生运动会比赛，我带着一批初、高中选手正抓紧训练。

那天下午，在吴县农高中场地连续训练后，人人都是热汗淋漓。几个高中学生提出，要去尹山桥下游泳纳凉。没有犹豫，我答应了。

我们就泡进尹山桥下的清水中，在桥边闪着银光的运河水面上游动，还注意避开行船，坐到了桥洞中滑溜溜的水盘石上歇息。

运河水波荡漾，桥洞流水潺潺。我们一边观望头顶上高高砌置的拱券石，一边任水流冲刷、让小鱼啄身。那里的清凉使大家身上的暑热很快就消失了。

那时，我们只求适意，全不去寻味那两副石刻桥联的隽永，连那些字体是阴刻还是阳刻也没有记下……

我们就这样在古尹山桥下游着，其中包括两位女生。这真是：小青年不懂天高地厚，年轻老师也不知地厚天高。如今想想，当初我是哪来的这等胆量？

妻子也翻开了记忆往页。她的谈及充满诗意。

她说："20 世纪 60 年代，知青下乡，我在尹山大队第 6 生产队务农。所在的队与另外几个队在运河西岸都有农田，我与队里的社员时常要走过尹山桥，去河西干活。

"去那里都是自带中饭干一天活的，早晚要两次走过尹山桥。桥的一些石级已经翘起侧斜，既高又陡，体弱的妇女走至桥体间和桥面上都要歇几次，就是年轻人，每到桥面也得停一停的。

"有趣的是，看着那些耕牛过桥。那时，牛是农家宝，每个队都有几只。第 6 队养 3 只水牛，归 3 个十四五岁的叫家平、阿五、老土的男孩看养。别队的牛过桥，都由看牛囡牵着鼻绳慢慢走的，就这样每头牛爬到桥顶，也会喘息着勥住，在桥面上停下来，连屎带尿拉下一大片的。"

"当时，伲队里3个看牛囡，牵牛过桥，倒是蛮会白相的"——妻子说到这里，却突然停住卖关子，见我正在等听下文，才又慢慢说出——"这3个死胆大，个个都敢骑着牛背走过尹山桥的。"

"他们早上骑牛过桥，傍晚牛干累了就牵着走桥，这点他们也懂体惜。早上东坡上桥，他们两腿夹紧牛身，两手捏着鼻绳，又紧紧拉住牛的肩胛骨前进，嘴里还会喊出'驾、驾、驾'的声音。大水牛不时会停下来喘气，临近桥顶，每次这些牛总是要赖在那里，翘起尾巴拉堆屎、撒泡尿的。在西头下坡，他们便变姿势拉住鼻绳，左腿夹紧牛身，右脚底抵住牛角尖，嘴里'嘘、嘘、嘘'作声提醒水牛慢行。

"有次，两只牛一前一后过桥，家平、阿五照常骑在牛背。两人依旧上桥拉住牛肩胛，下桥抵牢牛角尖。两只水牛仍是走走、停停，拉屎、撒尿。两牛走高桥，本就少见，加上爬行间那两个看牛囡还胡编乱唱起'向前进，向前进，我们向前进……'的歌词，真咯是笑煞人！"

见我听得极有兴趣，妻子转而对我认真地说："这情景，有时会在雾蒙里、细雨中出现，我看着，真是成了一幅充满风情的耕牛爬古桥图啊！"

妻子有这等想象力，让我刮目相看。我想，若是雾雨如梦中当时真能有人画下一幅水墨画，或用当今的手段摄录下来，至今天展示，凭这些真实、生动，确是可以感染人的。

"尹山桥上那些牛屎，总不能让它一直留着"——妻子的叙说还没完，显然她还要交代这些牛屎的下落——"这生活，队长是交给50多岁的水土来做的。每次去运河西面干活，水土总会挑一副粪桶担，带一把铲的。"

"水土把留着的牛屎铲到粪桶里，干的、湿的时常有好几担。他走着桥坡不断上下，把屎挑去，全部沤到田里。

"水土说这些牛屎不算肥沃，沤到田里总归是肥料。他做事认真，队里人都赞他是个合格铲屎官……"

妻子讲得很有滋味，时光流逝这么久，她的记忆比我还要清晰。

这座古尹山桥在那年被拆，使许多人心中埋下遗憾。然而，对于这座桥，连同惦念她的人，在看到当年的那段运河水面上，今已造起众多巍巍之桥时，也都是会感到宽慰的……

往事历历，难忘却

50 年前，她还是个小丁。

1968 年 7 月，她初中毕业，正值 17 岁花季年月。

还未来得及美好憧憬，她就被落实到了本公社尹山大队第 6 生产队"插队"落户。那时，"插队"落户人，在村落上是被称作"插青"或"插队人"的。

这个"插队人"，住入了一间 20 平方米的插队小瓦房。此屋顶上芦帘反夹，朝南开单门，北面设小窗。室内一隔两，北搁铺床，南砌灶，再放一张简桌、两只矮凳。隔墙上，贴着班主任老师书赠的一段毛主席语录。

这一间插队屋，并不高爽、宽敞，但处在一个大竹园南侧，幽静中倒也显出了情趣。

等到住宿一安顿，"插队人"就开始下田劳动。谁知，小丁第一次下田，就碰着下马威。

那次，队里的农活是浇粪和耘稻。一清早，两只赶着从城里返回的大粪船就靠到了岸滩。队里的青壮年男劳力，都挑上粪桶担川流不息挑运黄粪。几位上首老农顺着风势挥动粪勺，嘴里"嘘、嘘——"有声地浇粪。与此同时，在这块田中，全队妇女排成几列长队，要迎着东南风跪上田土耘稻。

此刻，风中飘来了浓重的人粪味，眼前稻棵间散落着一个个大便段，稻叶上随处可见地沾着粪渣，下田人只要头一低下，就会贴上脸、碰着嘴的。

见此情景，站立田埂的小丁忍不住"喔"地惊出了声。她犹豫了，显得难以下脚、怕着伸出手来。

这时，几个大嫂就跨入田中跪着示范起来，婶儿们则在一旁亲热地鼓励。小丁便开始拘谨地爬耘了……

就在这次爬耘中，她心中记住了那位大婶说的话：没有大粪臭，哪来大米香？

麦收时节。那次傍晚歇工，小丁带着疲惫走向住屋。她开锁推门，随即听到一阵窸窸窣窣的声音。她抬头一看，立刻吓得毛骨悚然起来。她赶紧向四周竭力呼喊："蛇，蛇！快来帮帮我，屋里有条蛇哎——"

呼声中，近邻老队长疾步赶到。老队长推门进屋，见到有条长蛇正于梁上爬动。他立即拿起晒衣竹竿，对向蛇身触了几下，那蛇便"啪嗒"一声落到简桌上。很快，老队长抓住那条蛇尾巴，把它提了起来。他粗看一下蛇身后，不慌不忙地说："哦，一条秤星蛇，家蛇，家蛇，不要紧的。"他一边说，一边就把那条不断扭动的蛇，提到了近处的烂田里放掉……

当晚，小丁就早早地关紧了门和窗。她独自睡在那里，总是惊魂未定的。

第二天，竹园主人家的那位瘸腿老伯，拿来"六六六"药粉，帮着撒到了小屋四周的墙根上。这以后，就再也没有长蛇来惊扰了……

小丁所在的第6生产队，在京杭运河的西边也有一片农田，她与队里的社员经常要走过运河上的尹山桥去那边劳动的。这高大的尹山桥是建于明代的单拱石桥，两侧金刚墙石缝间长着杂草和小树，桥下船桅穿越。只是，那时农活干得辛苦，小丁说她是没有心思去观赏这些的。

尹山桥的西面设有苏州电网的一个变电所，那座红砖砌成的长方形两层房就建在6队的田块旁。这个变电所的管理人，是个矮胖的、近50岁的扬州人，那个缠着一双小脚、身材小巧的老婆随他生活。

去那片农田劳动，各人都是自带中饭的。每次吃中饭和午间小歇，小丁与队里的人，都要聚到变电所南门口一方遮蔽日光的地方。

每次吃中饭，6队人打开菜盒，几乎全是炖熟的咸菜苋。相对，这位电所师傅家每次端到桌上的，除了蔬菜外，总归还有肉和鱼的。其时，这个月工资50元～60元的管电师傅，与当地农业劳动力的每年分红水平，是没有可比性的。

有次吃中饭，大家又聚到那个日光遮蔽处。一个叫龙生的灵活人，占有了那只靠在门上的小桌椅。

餐桌上摆着几碗蔬菜，女主人又端上一碗油亮亮的红烧肉。电所师傅正要动筷，恰遇上龙生在打开那只盛着清炖咸菜笕的搪瓷杯子盖。

"啊唷，啥咯菜？香得嘞！"电所师傅突然闻到了那股钻鼻酸香的咸菜笕味。

"是惯常吃的——'清炖鳗鲡干'！"龙生朝电所师傅亮了亮杯中菜。

电所师傅却依着酸香，走向了龙生。他接连闻着杯里黄蒙蒙、黑油油的炖菜笕后，终于忍不住地对着龙生开出了口："让我尝尝！"

龙生并未爽快答应，只是似真似假地说："你尝尝了，我吃饭吃啥？"

"我用红烧肉跟你换！"电所师傅已被那股喷鼻酸香诱上了。

要以红烧肉换咸菜笕吃，这让油滑的龙生禁不住笑出了声："好咯，好咯，你要么，就换给你！"于是，龙生就以几根炖菜笕换来了两块不小的红烧肉吃。

从此，吃中饭时，龙生便要捷足先坐那只小桌椅的。他仍以这"清炖鳗鲡干"，换来一块块的红烧肉吃。时间一长，龙生与那位师傅搞熟了，也时常会从家里带来一杯杯喷香的生黄菜笕，送给师傅家放上菜油，炖熟了吃。事后，龙生的待遇当然又有了提高，每次师傅家饭桌上的红烧肉、葱油鲫鱼、油豆腐塞肉，还有豆腐干炒肉片等菜，他都是能够尝得到的。

龙生以清炖咸菜笕换红烧肉吃这件事，后来，在田间就成了小丁他们时常要说起的一桩笑话……

尹山有桥多变迁

苏州城南，吴中区郭巷街道尹山社区境内曾有个土阜叫尹山。

尹山边上之尹山集镇，北宋元丰间就设为乡都，明正德年间尹山集镇成了苏州府下辖的长洲县五大集市之一。

尹山集镇东临尹山湖，西傍京杭大运河苏州段。以尹山集镇之重，至元代京杭大运河全线贯通后，那是绝不会让其与姑苏之垣隔离的。于是，就在紧挨尹山集镇之西侧，京杭大运河苏州段南北长约数百米的水面上，便接连着造起了许多跨越时代的桥。

在那地，很早时，就有了尹山石梁桥、木梁桥（见《重建尹山桥记》乾隆二十六年刻本《元和县志》）；明代天顺年间造了单孔尹山石拱桥；1983年又造尹山钢筋混凝土双曲拱桥；1996年建了下承式钢管混凝土系杆拱桥尹山公路桥；2002年，在下承式钢管混凝土系杆拱桥南不远处苏州绕城高速公路线上，建起独塔单索面斜拉尹山高速公路桥；而于吴中大道快速路上，在下承式钢管混凝土系杆拱桥与独塔单索面斜拉桥间，与至今苏州最大立交工程尹山湖立交，配套成网的南湖路跨京杭大运河尹山高架桥亦于 2020 年 8 月底建成试通车。

1

明代天顺六年（1462）秋七月，苏州府长洲县在尹山集镇西侧的京杭大运河水面上重建规模非凡的单孔石拱桥（据乾隆二十六年刻本《元和县志》载）。这座落成于是年冬天的尹山桥可谓是座了不起的桥梁。明代松江人钱溥在《重建尹山桥记》中云："长凡二十二丈三尺，高四丈二尺，而广视其高三分之一，以石计四千五百五十，以工计四千九百有奇，坚致宏壮，视昔有加。"

这座宏伟尹山桥的南北两面明柱上均是刻有桥联。

南联为：远道望松陵，一桁山光分旭彩；回波通笠泽，连樯云影压春潮。

北联是：明镜翦双流，十里津梁萦宝带；长虹规半月，万家烟树溯金阊。

1981 年时的古尹山桥（选自资料）

这座尹山石拱桥的拱洞十分高大，使得在这段运河上来往的多数帆船可以不倒樯桅也能穿过。在这座桥存在的几百个年头里，它的实用价值是不言而喻的。有了它，人们赶集、进城不用摆渡，亲朋之间多了走动，种田犁、耙好搬移，经商篮、担过大河……人们从桥上走、在桥上歇，抚桥栏，望流水，领受空域来风，总是处在飘然、陶醉中。这座尹山石拱桥就这样风风光光地跨着，拱洞里昼夜奔动着不息的湍流。

2

以后，到了日见增多的船只开始争着穿越那个拱洞时，数百年来一直戴着吴地石拱桥高度桂冠的这座单孔拱桥又成了那段航道的瓶颈。

1979年，京杭大运河苏州段开始拓宽。文物和航道管理部门苦于缺乏经费而无力叫这段运河改道。古尹山桥没有被保住，它最终被拆。1981年秋日，古尹山桥在这段运河继续通航的情况下被搭起鹰架进行吊拆。那天有许多人在观看，天空正下绵绵细雨，使得在场人的心头更是添上了几分离愁别绪。

古尹山桥被吊拆下的块块条石当时都认真标了号，它们被堆放到了相距不远的宝带桥北堍。可以后不知是少了哪道关节，那些红漆标号始终是没有派上用场的。之后，月复、年复，这些历尽风霜雨雪侵蚀的条石，最终仍被周边人家造房、驳岸，以及有关部门修桥、刻碑、筑池搬用以尽。

几乎就在这座古尹山桥被拆除的同时，经多方聚资，吴县郭巷公社开始于古尹山桥南面百米处的运河水面上建造新的尹山桥。

新尹山桥是座大跨度钢筋混凝土双曲拱桥。经吴县交通局桥梁工程队努力施工，这桥不久就建成了。还在这座桥梁

1996 年时的尹山双曲拱桥

建造期间，当地郭巷公社就组织各大队社员日夜奋战挖地取土，硬是用双手和肩膀筑起了两头桥堍各有一二百米长，10余米宽的高陡引坡。

1983 年 3 月，这座尹山钢筋混凝土双曲拱桥建成通车。

通车那天，当几辆披红挂绿的大卡车驶过桥身出现在桥的东头时，当地之人都沸腾了，人们可真是载歌载舞地欢乐。

3

随后的十几年里，与这座尹山钢筋混凝土双曲拱桥相连的东头沙石公路，先后改成了水泥和柏油路面，这座现在看来并不起眼的两车道桥梁一直在为当地的经济发展发挥着无可替代的作用。

1996年8月，随着苏州大外环路南线和东线的沟通、又一座尹山桥的即将通车，这使用了10余年，且已出现危况的钢筋混凝土双曲拱桥便自然地要退出舞台。这座尹山桥又开始拆除。不过，对于它的那次拆除，人们已远非怀有当年吊拆古尹山桥时的心情了。

1996年10月，苏州大外环路南线和东线建成，由上海城建学院设计、吴县市市政交通工程公司施工的新型尹山公路桥——下承式钢管混凝土系杆拱桥建成通车了。

从桥侧望去，这座现代尹山桥的两道橘红色钢弧恰似一组不可分舍的双虹抛投在河岸两岸，桥下宽敞的水道又使这座津梁像是成了雄踞于苏城南首的水上门户。站到桥上，让人看到了水深河宽、驳岸整齐的苏州段运河玉带样地在向着南北延伸……

建成后的尹山桥上来往的车辆是没有停歇的。这座处于苏、浙陆上交通要道上的桥梁，开始日夜为周边地区的经济发展效力。

2000年时的下承式钢管混凝土系杆尹山桥

4

　　苏州绕城高速公路开建后，全长52.5公里的西南段路段，于2004年10月28日建成通车试运营，2006年12月24日以工程质量优良通过竣工验收。

　　这段路段内的尹山斜拉桥，是当时苏州市内第一座独塔单索面斜拉桥，也是当时同期国内同类桥梁中跨度最大的。该桥梁在设计、施工控制等方面均获相应的成果，为国内同类型桥梁的建设取得了经验，成为标志性建筑。

　　这座独塔单索面的苏州绕城高速公路尹山斜拉桥，雄跨

2006 年时的尹山斜拉桥

在京杭大运河上，总长545米，双向6车道。主桥为独塔单索面预应力混凝土斜拉式，跨径组合105米+70米，总长175米，桥梁全宽36.5米。引桥为30米预应力混凝土连续箱梁，总长370米，上下行分幅布置，宽36.5米。该工程项目获得了上海市2007年度优秀设计二等奖。

人们在东西两侧的桥堍下仰望起这座雄桥时，不只会觉得这桥别具一格的设计带上了强烈的时代气息，还觉得其清新自然的秀美造型，就像是首生动诗篇展示在面前一样韵味无穷。这一现代桥梁的创新之作，在千年流淌的古老运河上，再辟一条潇洒通道的同时，又增了一道靓丽的景。

5

苏州发展日新月异，道路建设一直走在前面。为了沟通苏州现有的内外高速公路路道，支撑城市组团发展，苏州市已在 2014 年全面开工建设中环快速路。2015 年 6 月东环南延二期工程尹山湖立交亦开工建设，2019 年 5 月立交下部结构基本完成，2020 年 6 月立交现浇跨京杭大运河主桥顺利合拢。

这座主桥，就是连接中环吴中大道快速路的南湖路跨京杭大运河桥。此高架桥主桥长 260 米，跨径布置为 78.5 米 + 120 米 + 61.5 米，主桥为预应力砼变截面连续梁桥。与跨运河主桥相连的吴中大道快速路东段为城市快速路，设计车速 80km ／ h，标准路段双向 6 车道，采用沥青铺装。

2020 年 7 月，南湖路跨京杭大运河高架桥防护栏、桥面铺装基本完成；8 月，沥青面层、交安、监控、路灯等附属设施安装完成，桥梁动荷载试验和路桥检测合格。8 月 26 日上午，尹山湖立交（除立交中通往高速 G1522 方向的匝道及立交向东方向的路道未通）及南湖路跨京杭大运河高架桥开始试通车。

需要说明的是，位于吴中区郭巷街道尹山境内的尹山湖立交，在全迁回定向"涡轮型立交"的基础上，增加了与苏嘉杭高速公路吴中出口直接相连的 G 匝道，为苏州市区规划

2020 年 8 月通车的尹山高架桥

最大的施工复杂的快速路互通枢纽。

　　这处大型配套立交枢纽工程建成，使得吴东快速路、吴中快速路以及苏嘉杭高速公路直接相连。这样，便让往来于吴中区、姑苏区、高新区、工业园区以及吴江区的车辆更为便利和快捷起来。

　　这座被称南湖路跨京杭大运河高架桥，就架在钢管混凝土系杆拱桥尹山桥和尹山斜拉桥之间，同是跨在尹山依傍的这段运河水面上的。不过，这座新近建成的桥，是组合于尹山湖立交枢纽中的，它高踞第 4 层，贯整个立交"涡轮"而东西穿越，其凌空、恢宏气势已是现有的南北两座尹山桥所不能比及的。

这些桥就这样多次地变迁着。在这近千年的岁月里，惆怅、遗憾交织，欣慰、鼓舞同存。不过，这些桥始终是在尹山依傍的这段几百米长的京杭大运河水面上变迁的。

如今，眷恋这段水面的这些桥梁坚实地跨越着，众桥巍巍，同心糅合，正为奋发苏州再腾飞争创新的辉煌……

相约树山

拂着沁人的杨柳风，随无数人涌向树山村，我也走上了这条洒满春光的树山路。

进村路夹在梨园中。垄整齐、沟畅通，梨树的疏密枝条

盖住了树间的空隙。梨花已缀满，成片成片地洁白得让人迷醉。清风吹来，花瓣飘忽，似无数小蝶飞向树下草丛……

梨园被围着，只能透过绿网欣赏，面阳的梨花闪耀着诱人。这千亩开花的梨树排兵布阵，壮观极了。

望见沟的尽头有人簇聚，我也欣欣然前往。沟上搁木条，过沟是菜地，边侧的梨园敞开着。去了网栏遮挡，欣赏、照相更觉舒坦，直对着灿烂，谁都是亢奋了起来的……

重新向里走，到了大石坞。长廊中排开各类食摊，村落边的精品民宿和餐饮店叫人喜欢。方亭中，一位男歌手独以吉他弹唱，引来了众人围观……

近处有上山路，不登大石山，难窥全村貌。我绕云泉寺，穿林拾级。半坡上长满杨梅树，为抗风和方便采摘，许多高树边搭起了钢管支架。看那些叉开的青翠枝条，我想，这挂满红果的日子很快要来临，村民们就会挽起沉沉的篓筐喜摘杨梅的……

往上，树间长着茶树，以小块分布。不时见到有茶工在采摘嫩叶，明前茶的收获正当时。

大石山是市级文物保护单位，那里我是必去看的。登阶道上，年轻人为主，但也不乏老少。

山崖苍苍，长出小树，爬上藤蔓，许多人正坐于石垒平台歇息。旁侧坡上有人支起了野营帐篷，树间晃动着户外吊床……

　　看着洞穴边的石天桥和一线天，觉得也有情趣。转弯处找到了摩崖石刻，为明、清和民国遗存，都做了修复，使自然景色有了人文景观衬托。

　　再上，就到大石山顶。峰边立六角款云石亭，柱刻一联：云雾长萦山居浮动处，阴晴时易湖望有无间。亭内春风荡漾，我亦坐上石凳小憩。面北俯瞰，树山村貌尽收眼底：鸡笼山、大石山林碧峰青，北、南对峙间西宽、东窄的山坳是树山村域。山下东西向两条主干道旁，分布着全村400余户人家。住房之间就是1060亩的梨园。此刻，数万棵树梨花盛开，白茫茫地铺向远方，有了雪原、涛浪般的气势。与此相应，那些掩映着的粉墙黛瓦住房，已秀美得让人有说不出的嫉妒……

眼前是当地最美季节。除了路道、房屋及停车用地外，树山都被绿色所盖，实时监测显示的负氧离子平均值每立方厘米已达到 3013 个。青翠树山，处处醇香，那是仰仗了十几年来的华丽转身，把各家农田改成梨园，又种茶树、果树，建起特色乡村搞旅游……

我沿半坡木栈道向北走。木道宽平，两侧有栏，行人放步，发出"嘣嘣"空音，好似也在踩入当地发展的节拍之中。

道中相遇挎上满篓嫩芽的采茶村妇，我不禁问开，可是树山村民在采摘新茶？

全是其他村上来的。树山早发啦，家家有茶园，都是招人采茶的。一位妇女回答。

工钱是计量付给？我接问。

是计工时的，山坡采茶百元一日，到上面采还要增加……另位妇女抢着说话。

听后，我再次扫视周边葱郁山林，看到树木的空出处确已被条条茶垄布满。资料介绍，这千亩茶树，还是 2006 年起村民学种栽培的。如今，翠冠梨、杨梅和云泉茶成为"树山三宝"。光"三宝"，就使每户的收入可观了起来……

栈道西头的重檐方亭被人围着，亭内手碟乐队的演奏真好听。一位黑人朋友手打非洲鼓，那个国人乐手拍击的音碟是我问过后才知名称的。这样的中外联袂，让树山梨花旅游文化节又增添喜悦……

　　至西出口休闲街区，我又参观了树山乡村双创中心、树山旅游联盟、树山游客中心等处所。树山已被评为江苏省四星级乡村旅游区，成为全国农业旅游示范点。树山现在发展的农旅融合，正吸引着新一代年轻人回村创业。

　　树山啊，又让人见到了乡村振兴的希望，真值得点赞！

大阳山，登高去

来到文殊寺前，抬见葱绿的阳山横亘眼前，不禁让我又有了登临意。

几年前，我登阳山以失败终。那次，兴头十足踏上山间古道，但面对山高路陡，只几个折弯，还未至半山亭，我就大汗淋漓地退了下来……

阳山不算高，山林秀丽，近年已成市民登高新爱。我经几年健步，腿力递增，亦想再登阳山试试，一为测测自己，又可吸吸那里的负离子。

于是，我穿寺而上，步履轻盈。山道隐于树丛间，向上望去成了绿色小巷幽弄。脚踏石阶步步高，光线虽暗淡些，但我觉得头脑清醒，呼吸舒畅。

山道上，年轻人居多，也有老年人及年幼的孩子。老头搀老伴，父亲背孩童……有对情侣引眼球——女的赤脚登石阶，男的拎双高跟鞋跟着……当今之人重养身，一路上自讨

苦吃还笑声朗朗。

踏着斑驳光影，我一路登高，不久体力渐弱，继而喘气加快。走到一个弯道边，有个下山人在回话，再转两次弯就能到达半山亭。听后，我喝点茶水继续上。此时，已是力竭更觉路陡，我就分段突进，口中默念登满50个台阶而一停。这样登、停交替，经几次挺进，在过了又一个"之"字形弯道后，就踏进了那只半山亭。

这只我曾望而不能所及的方亭，正古朴、飘逸地镶在绿树回绕的半山间。亭间栏凳坐满了人，凉风送爽中，许多人依在美人靠上休息。亭东没遮挡，下望尽收眼底。山下已少见阡陌田块，代之工厂连片、住宅幢幢，蜿蜒的山边公路旁停满了私家车……

我歇息补能后再上，目标自然是登顶。在这古雅静幽又颇具特色的地方，我见到老者拄着登山杖而上，孩童在父母鼓励下前跑，几位中年妇女挥汗跟着……大家都在走向悬在头顶的那座重檐翼然的文殊殿。

过了几方摩崖石刻，就到山头景点处，一个自然芬芳可以使人心醉的地方。其处碎石相铺，平坦一片，树间文殊岩壁历代字刻若隐若现，文殊泉池中金鱼悠游，养心阁内游客临风品茗。再前行，就是新修建的文殊殿。这座立于千年之前名僧支遁隐居地的新建筑，让我看着已是有了巍巍之感……

徜徉四周，见到树荫下木平台上置有木台、木凳，我便坐下小憩。平台上极清凉，空气中飘散着醇香，听得见鸟雀鸣啭。可是，不久近处就传来了机器冲击声，那是工人正在多处修路、重建。

抬头望到箭阙峰已近，无奈两侧皆因整修被封，无缘到达绝顶，否则亦能站进浴日亭俯瞰太湖美景的。看来人在惬意时，那是常会留点遗憾的。然而，以失败告终至此次一路登顶，也在给我启示：人是能够改变自己的。

选一高临处，我重又回望阳山山体。阳山南北长卧，山脊平缓，主峰高度属市内第二，又蕴含历史、蕴含故事，再经开发，把人文、景物、服务进而相融，我想这大阳山国家森林公园是定能成为苏州游览和登山好去处的……

下山路上，我看到道边环境实时监测电子屏上的显示：负离子 2317 个，温度 17.0℃，湿度 49.0%RH。

骤然间，寺内钟声响起。钟声回荡下，这条建于明代的古山道上，还是流动着上上下下的人……

又去赏荷

那一日，我又进相城区荷塘月色公园。

公园开阔，自是要比朱自清笔下的清华荷塘来大气得多。走上木栈道，我感到是走在水上、踏向荷尖的。栈道隔开的块块水面，莲荷新叶争着铺开，虽不到赏荷最佳时节，但充满生气的荷塘已有风味。

嫩绿的新叶大都贴紧水面，只有少数伸出，它们不破损、不带斑，张张鲜灵灵的。一些新芽、嫩尖先于一边水下钻出，带着伶俐、俏皮，活泼泼地显得随意。

荷塘是动感的。风吹叶子漾起涟漪，使叶面滚动的水珠闪出了晶莹之光，一些稍大的叶子则被吹得上下扇动起来。塘间黑乎乎的野鸭自个逗乐，塘边有几只白鹭在低飞觅食……

荷塘亦天籁和顺。栈道下有老蛙"咯、咯、咯、咯"地叫开，临近的小蛙则拖长细声应答，塘中传出"唝、唝、唝"

以及"嘘溜溜、嘘溜溜——"的水鸟声，塘面飞过的燕雀也在喃喃自语⋯⋯

一张卷拢的新叶于水面晃动，两只红蜻蜓在绕着这支嫩尖躲躲歇。这一尖嫩绿点出的诗意——吸来数个摄影人对着镜头捕捉；一只青蛙蹲上半浮的莲叶，叶间水珠正随蛙眼闪动——这叶与蛙的互动，引得几位画家出神入化染色。

柔风带来荷的芳香，这芳香正把人的心灵净化，我缓步沿荷韵栈桥走去。所见莲荷品种尽管不是花开满塘，可是看看文字介绍，我也感到清雅、高尚。这些荷有着各自名称和特征，如："蓉娇"清新淡雅，"白千叶"形态朴素，"孙文莲"简单大方，"大红袍"鲜艳耀眼，"红太阳"花心金灿，"牡丹莲66号"端庄富丽，"中国古代莲"花红、花多，"唐招提寺莲"历史悠久,"贵妃"花容丰满,"红喜"艳丽夺目,"星空牡丹"从太空莲中筛得,"千瓣莲"象征勤廉生和、夫妻恩爱,"红嫂"表征忠诚、奉献,等等。

再向前是浮香铁索桥,桥下水面浮满睡莲。睡莲花开香艳,以黄、白、红色各自簇聚。我踏上悠荡索桥,居高临下观看、闻香。观青嫩莲叶间托出洁美的花,闻莲波荡漾里溢放醇和之香。随着桥动、人动、心动,荷的平静、馨香,自然的和睦、协调,已与我的视觉、嗅觉融合起来,使之有了不同寻常的感觉。

荷塘北侧展示着园内培育的缸栽早荷。许多缸内已是娇花盛开,阳光下的新品荷花像以各色细玉雕成一般。一些荷有舞妃莲、楚天舒、睡美人、雪翠莲等美名,叫中山白莲、宜良千瓣的品种有着罕见花型和颜色。荷塘本清凉,吸气沁心肺,此刻静观、体味,让我又把荷香、诗韵吸入了肺腑……

我临荷塘小憩,脑中忽而闪出"江南可采莲,莲叶何田田"的诗句来,想到秋日里,这采莲可为惬意事,漾漾柔波上,木桶叶间穿,清香里把支支莲蓬采进桶,边吃甜嫩莲心,边划清凉河水,真不只收获果实,还能得到诗意的。

花山篇

1. 花山奇石好想象

花山在苏州古城西郊。花山上的奇石，让人生发想象。

奇石在花山聚集，以天然和人为形式，在山头，在坡地，矗立、倾斜、躺卧……

在花山，天然的奇石是经脉相连的。花山是盛开的莲花。主峰是莲蓬，满山铺开的山石形成莲瓣，依山就势的石御道、小蜀道则是支撑瓣和蓬的莲梗。这些蓬与瓣、瓣与梗的巧妙组合，使得这花山便成了个石莲花的世界。

花山上的奇石是回绕莲花峰天然铺开的。远古时，自然界的造山运动硬是把几块巨石甩到了这山的顶上。这甩放是极具匠心的，巨石看似摇摇欲坠，却能千年、万年冲天盛开。再者，对着这灵巧之石若自西南望去，则大石像佛，小石似僧，两者结合恰是形成了老僧拜佛情景。

再说布在山道旁的天然之石，其自成的形象亦能让人拍手叫绝：像老寿星头的寿星石，似幼儿依偎母怀的子母石，收身欲跳的跳蛙石，不忍离开桃花涧的渴龟石，温顺地躺在路边的卧狮石，慈悲满脸的菩萨面石，还有石床、且坐坐、仙人坐，等等，无一不是惟妙惟肖的。

伴随着峰回路转、险要跌宕，花山上的许多奇石还都是带有故事的。这些故事的朦胧之意，似乎也会让人疑团在心的。这就难怪当年的吴王夫差总是要上莲花峰祭天了……

在花山，人为的奇石亦是前后应和的。于此，我最要诉说以下几处：

一是翠岩寺里的石柱挺身立。在"苏州圆明园"翠岩寺遗址上有22根石柱。石柱每根4至5米长，虽创伤满身，仍巍然挺立，加之该处殿堂门槛、堂前沿石均以整条长石凿成，据此已是足够使人体会得到这座寺庙之昔日雄风了。可是，在上世纪60年代后期，这座名刹的部分殿宇却是被人拆了运到山下去建造大会堂的。

对于遗址下另有的石地宫，仍有幸存的长者模糊记得。然而，年代久远，泥沙俱下，这个曾用于藏物、避祸的处所早已堵没了入口。这地方如今没去动它，景区管理者说，这个暗藏之谜那是特意要留给后代人来揭开的……

二是"五十三参"云梯险兮兮。曾为迎接康熙帝驾临，寺僧百人使出浑身解数，竟将"五十三参"云梯于整块山石

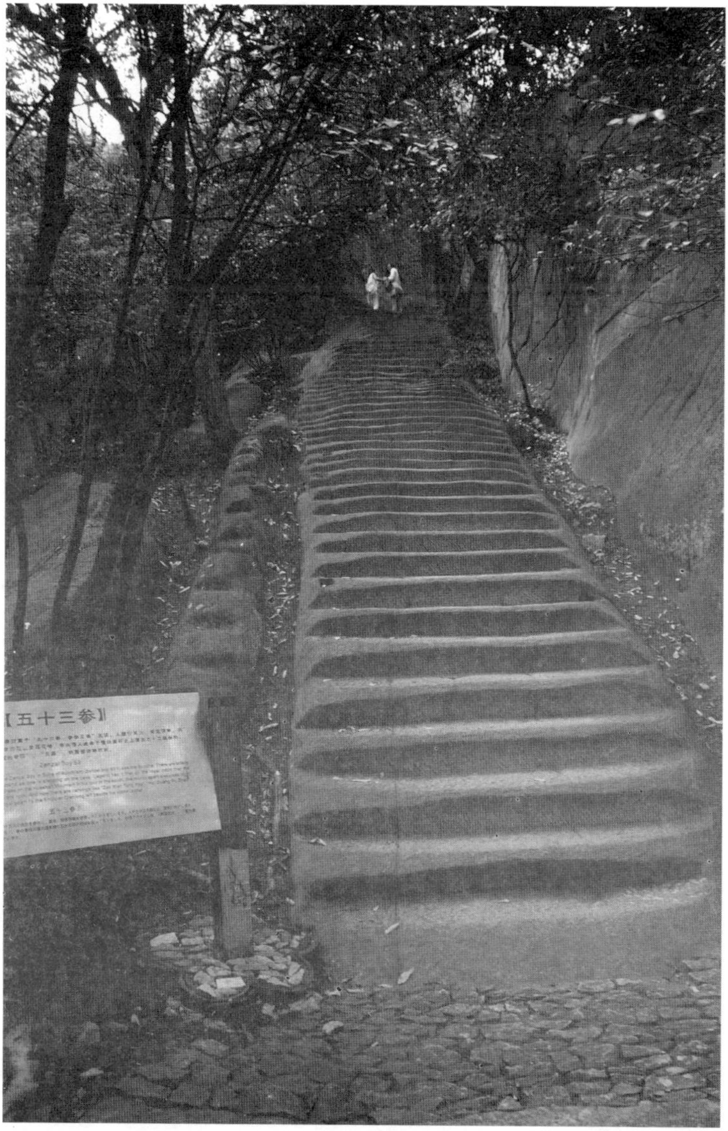
【五十三参】

之上一夜凿成。这弓背的梯阶却有点怪，至今游人登临时还会发出"哐哐哐"的空灵声。这玄秘，难道仍是支遁和尚瘾于其下修坐？

三是高大的接引石佛巍巍然。花山接引大佛为元代石刻精品，整座佛像刻在8至9米高的山崖上，法像庄严、体格壮硕。大佛面向正南，接受着各方祈求。可这座慈眉善目的"苏州巴米扬"佛像，在那个"特殊年代"里，也被人枪击、爆破。先是佛像眼睛被打坏，后又佛像炸成8大块，那个带着慈祥脸面的佛头也是无奈地滚到了桃花涧边。

1999年这座接引大佛得以拼接修复，还重建石阁进行保护。然而，佛头上的左眼皮、左耳、鼻尖以及佛身衣纹处留下的历史伤痕，那是终究难以抹去的。我庆幸大佛于盛世新生，亦听说当年山下的那位毁像"英雄"最后也未能获得善终……

那年，乾隆帝《花山作》有云："松石逊怪奇，彼应让都雅。"这石莲世界的奇石，实乃耐读、耐看，弥久珍贵！

2. 花山刻石生缘情

花山上的刻石，会与人生出缘情的。

再去花山，景区沈主任要作单独介绍，这使我对那地更能有着一次深入了解。

见面时，我打量起他。他中等身材，山林工作使皮肤变得黝黑，一双笑眼似乎眯着，刮得不勤的胡子让他显出了老成。

随即，我俩进景区。他对我说，山上的摩崖石刻超过300处，几百米长的花山鸟道旁就有70多处，它们都是透出了人文精神的。

过上法界、隔凡、吞石、龙颔和出尘关刻石，两人步入花山鸟道。鸟道于参天大树下依坡延伸，林间漏出的日光在道上留下了碎银般的亮点。这季节，山外暑意未尽，但走于此我已觉得凉爽、清醒，身处惬意中了。

一路拾级，我见到许多石上布着字刻。渴龟、坠宿、落帽、跳蛙、夜叉头、卧狮、菩萨面、人面石等字体刻上形象之石，令人拍手称奇；三转坡旁的洗心泉、地雷泉、百步潺湲字刻展现在沟道边，与一旁半藏的风袖石刻一起，让人觉得这就是风生、水起宝地。

"篆刻的花山鸟道字迹是赵宧光书下的，布袋石刻是弥勒留下的印记，盂关石刻与八卦相关，石床曾经醉卧吕洞宾……"行路间，他不断介绍。

舒息坡字刻处是鸟道中心，有豁然开朗感觉。他说，周边分布着邀月台、古人居、仙人座、石床、且坐坐等奇石字刻。我正在体味，他却翻身石床摆出个侧卧姿，转又再上且坐坐做了个盘坐状。受感受，我也上了两石做体验。两人相互照相后，展示相屏，笑得舒心。

此刻，觉察到道旁石刻描有红、黄、蓝、绿颜色，我就带疑发问。

"讲究色调，是为减少参观者视觉疲劳。山林中光色不明，为突出字体，就配了不同颜色。"他眯笑着，旋又跨上几步，指向旁侧的"顽璞"刻石继续说，"这里拥着细竹，光线暗淡。把字描成黄色，就光色协调，显得原生态。"话毕，他顺手把一张冷饮纸拾进了自己的工作包。

近处石壁边，有位工匠正专注地为石刻拓片。一大张的宣纸贴在刻石上，随着工匠的拍击，纸上文字渐次可见。

听说，景区正搞文化工程，要把山上的摩崖石刻做成拓

片，成为档案资料长期保存，还要着手出版几册《花山摩崖石刻集》。这拓片工作，是由几位专业的社会热心人士来完成的。

他介绍说，石刻描色，配色、用料要按实际而定。风化严重的，油漆有厚度就不能用。为修旧如旧，又延长保存时间，就用一种含塑的丙烯来描色。像云屏上的《华山作》就是用丙烯描的。

说完，就着山道高度递增，他引领逐一看过描成各色的铁壁关、透关者经过、华山翠岩寺、怡井、穿云栈、神能、洞天、福地、踞虎关、普陀岩、莲花洞等石刻。这楷体"莲花洞"字样刻在高石上，两个工人正为拓字搭起脚手架。见之，他赶紧吩咐要把脚手架搭牢，那是一定要协同操作的。

吩咐过后，他带我转右道走进御碑亭。亭内康熙、乾隆祖孙二帝两块诗碑兀立。碑上所留行书字刻笔力遒劲，气韵仍在。

尔后，我俩折回五十三参。站到云梯石间，他指向"凿险通幽"蓝色楷体字说，这是后人在这条御道凿成后加刻的。

很快，我俩到了乾隆御诗前。行草书写的《华山作》刻在巨大的云屏石上。"问山何以分高下，宜在引人诗兴者。遥瞻濯濯青芙蓉，南嶂犹平堪跃马……"沈主任边读边释。听着、看着，我感到这首极含意态的长诗，真是能够让人品读的。

"这处重点保护石刻，是我用丙烯描的。描色前，我先读懂诗，顺着笔意走。"他上前指向连笔处，"像这些都得把笔锋连好。这 131 个字我是足足描了 4 天时间的。"话停，他又弯腰拾起一张废纸放入工作包。

这时，我退后直面起了眼前石屏。屏面上的御字被描成金黄色，由矗立的褐色巨石衬托，在蓝天下、绿树旁，显得更是醒目、生动。

沈主任拉我走进云亭，又眯眼笑着指向东北方的那片山林和裸石深情道开："花山上需要探寻、识别的石刻还多。花山与我有缘情，不为别的，我只想要为花山多做点事情……"

天平"枫"景不胜收

经寒风吹、浓霜打，天平山"枫"景美不胜收。

古枫一百余，今枫几千棵，青变黄，黄转橙，再成红，五彩缤纷迭现。人们于无比高大的枫树下漫步，在碧波荡漾的清水边悠坐，感受着这漫山遍野的好"枫"景。

天平山枫树带上鱼鳞般的皮、高凸起的疤，它们在四百余年后的今天并不老态龙钟，而是生机勃勃，巍巍然伸向空间。天平山枫叶是三角形的，深深浅浅染色，枝枝节节铺展，盖了御碑亭，掩映古刹屋。范相爷林间面对胜景，忧乐坊豪立广迎众人，康熙、乾隆留足印，代代名人字迹存……阅尽了林间枫色，叫人自会觉得那里的沧桑夹在情景中，那里的"枫"景处处古今交融。

天平山的初冬虽说少了点繁花似锦，但天平枫却捧出了醉人之色，这铺天盖地的绯红叶子确是能让人陶醉不已的。山麓间，层层叠叠，高低错落，上上下下全是红艳艳的叶

子。阳光下，这些叶子更是红得鲜艳，红得生动，似天空飞满彩霞，地面铺就红锦。人们在林间徜徉，身上、脸上都会被映红。

池面曲桥游人如贯，枝条上的枫叶伸到池上，鲜艳的色彩罩得碧水一片红。这情景也让红鱼进了迷魂阵，伸头探脑犯了浑。

古枫顶上的叶子红得最深，许是受风寒、遭霜侵最甚的部分吧。人们抬头望，似见得红云在高处盘旋，其间留出的一方方天空却显得蓝莹莹。

摄影人操起"长枪""短炮"，正穿梭着选景、拍摄。一位穿印有摄影家协会字样马甲的老者，突然到我的身旁草丛仰躺，他竖起相机对上那方红云、蓝天，一个劲地响起了"咔嚓"声。起身后，见我友好相看，便微笑着道："没办法，喜欢。"我说："摄影好啊，悠然自得。""对，悠悠然，养身的！"他紧接而说，然后又笑着离去。

枫叶飘落姿态优美。那些精灵样的三角叶晃悠悠掉下，像彩蝶飞，似雀儿逗。它们与射入林间的光束交会，发出了道道美丽闪光。一些旋动的枫叶，掉到了人的头上、身上，有的还会凑巧着掉到孩子正吃的食品上，引来一阵童真大笑。

落下的枫叶让人怜爱。绿草间、行道上，不时添上大小不一的枫叶。它们以深浅不同的红色为主，掺上绿色、黄色，与种上书带草的草坪，与用鹅卵石及小青砖铺成的走道，构成了美丽图案。这图案，让人不肯碰动，不忍踩踏。

不时有人拾起枫叶，挑各种红的，挑黄的，偶尔也要绿的。孩子举着单张叶，姑娘把枫叶叠成扇；孩子舞动枫叶照相，姑娘挥着叠叶招人……

感谢范氏先人传下百年枫香，感谢园林职工护好古今缤纷，使今人得以抱得彩叶归……

太湖芦花亮

广袤太湖的岸周长着连线成片的芦苇。

太湖芦苇初春时的嫩绿、盛夏时的挺拔、深秋时的壮美、严冬时的风骨都是特有风韵的。不过，我觉得太湖芦苇最值得看的应是在芦花闪亮的时候。

江南初冬，寒风乍起。那日，为欣赏太湖芦花美，我是特意去了环太湖大道的。

大道旁的滩涂、水中铺满了开花盛期的芦苇。远远望去，那大片大片泛白的芦花，像雪浪起伏，似白云翻转，它们正随风光旖旎的太湖律动而闪着银光……

眼前之景，你完全可以理解是幅画、想象成首诗。这画是大自然的恬美之画，这诗是生活中清新的诗，都是韵味无穷，可以醉人的。

太湖边的芦苇是有它的个性的。无须施肥、培根，不怕鱼咬、浪打，它们总是会茂密地铺在滩涂、长于近水中的。

它们紧紧抱团，密密连带，形成了浩浩芦荡，使得太湖边上在增添绿色景观的同时，又筑起了一道效果奇特的防浪墙。芦荡沿不见尽头的太湖岸周延伸，如同积雪样铺开的芦花在湛蓝天穹下、碧澄湖水边闪亮，让人远观、近看都是十分壮观的。

走近看，芦荡呈眼前。芦苇大都已枯黄，秆梢处剩有的黄绿叶子也萎了，然而高翘的芦花是不肯停止摇曳的。芦苇的枝干边，涌动着的太湖水是清澈的。随着沿太湖地区经济、社会发展，经几年铁腕治污、科学治太，太湖水质不断改善。这中间，被称作美丽太湖"净化器"的芦苇，也是起到了净化水质作用的。

　　顺着被人踩出的小路，我走入芦荡。芦苇比人高，无数的芦花在头顶闪，几支低头的芦花把脸上拂得柔柔地痒。我细看这芦花似有两种：一种芦花长着 20 来根细花条，每根花条上生满闪亮的白绒毛。这些芦花的细条在风中抖动，真似一面面小旗飘着。另一种芦花长出相仿高粱的花穗，穗间枝节密生灰白绒毛。这绒毛成鸡爪状，绒间残留着不少人字样的小花萼。

　　身处芦荡，那是入了芦林，进了青纱帐，让人瞬间有了点迷茫感觉。那些茂密芦丛是走不进的，使我只得于一边窥视。丛中有小鸟在鸣叫、在嬉戏。扑棱一声突然飞起的一对对绿头鸟，开始时是让我受了一惊的。

　　欸乃几声摇橹声，那是挨着芦荡歇息的几条渔船摇出去捕捞鱼鲜。现今太湖水环境好，生态地带连片形成，带来了水族、鸟类资源的繁荣。许多鸟儿已把芦苇湿地当成栖息的家，其中不乏国家级保护鸟类。

　　湖湾边有块滩地长满绿草、开出细花。我上前席地而坐，面对闪亮芦花，望湖光潋滟、近山叠翠，禁不住心又醉于其中……

　　眼下苏州正在走向太湖时代，苏州湾的两个片区建设已经成绩突显。在这未来之城完全成为现实的进程中，这些芦苇也是会被充分利用的资源。我想，在以后现代化的苏州湾里也是绝不会缺了它们的。

雪秀留园

为欣赏雪后苏州园林的惊人美，雪花一停飘，我就走进了闻名遐迩的留园。

依园内长廊行，透过各式漏窗和空处望去，这个本为灰、白建筑伴有红栏绿树的古典园林，已是一片洁白。这时，一路观赏秀色，我觉得分明是在阅读一幅徐徐铺展的画卷。

中园被造就了铺琼堆玉的景。封冻的池沼边，高大的树木、嶙峋的太湖石、灵巧的曲桥和飞檐翘角的亭台楼阁都已静止在美妙的雪景中了。

长廊的顶部一般是看不到的，入可亭方才见得盖着积雪的廊顶似雪龙样地盘旋。这雪龙扭曲着延伸，穿草木、过假山、沿高墙、靠楼阁，接上了曲桥棚架上沾着白雪的藤条，好像又在那里调动了一群幼小的雪龙曼舞起来。

游人、摄影人在雪景中悠游，几个女孩子的鲜艳衣着特别抢眼。一位穿鹅黄衣、背红色包、撑淡绿伞的姑娘从前面

缓步而来，几个摄影人要紧举起他们的"长枪""短炮"，抓拍起这个晶莹间托出的美艳、灵动。

那只小木船被池冰困着，坦然地让人拍摄……这一静态的优雅，也诠释着独特的韵味美。

东园冰晶玉洁的冠云峰前，因被一队欧洲游人站满，变得也像峰后的冠云楼茶室一样热腾起来。

导游正在那里作重点讲解。其实这块特有太湖石的瘦、漏、透、皱，此一刻早已融进这冰雪世界的包容里了。这些异乡客人为造访华夏文明而来，他们反复地照起了相，谁都是处在欢愉之中的。

　　廊边两棵痒痒树有枝无叶，伸展的枝条上沾雪、下露身。有人在这光滑的枝干上稍稍一撸，竟真的微动着有沾雪洒了下来。

　　夹道的修竹，低矮的灌木，全处在雪之秀、雪之灵中……

　　趁着兴致，我又顺堆石间弯道走上西园舒啸亭所在的高地。那里本有山林风味，眼下铺雪更多野趣。树上掉下堆雪使树冠下通过的游人有了点惊慌，不过人们还是愿意战战兢兢地从那里穿行的。往南的视野被形成雪被的枝条遮着，往东望，我看到朦胧中的亭台楼阁也只是露了点隐藏着的迷糊之身。

　　那棵百年银杏的枝丫间有个沾着雪的鹊巢。这高展的鹊巢静悄悄的，许是那只温顺的老鹊自在温暖着它的那窠可爱的雏鸟。

　　君子所履亭旁，几棵红梅已初放。那些裹着白雪的枝条上爆出的大小不一的红点，合上近处那几丛盛开的深黄蜡梅，这在满眼冰清玉洁中带来的惊艳，让我，还有一批批接连走近的游人和摄影人都举步围绕着不舍得离开……

幽幽巷陌 寄情诗作

　　沿官太尉河往西北直行，小桥流水、亭廊驳岸、依水民居不时在我眼前显现。路遇的骑车人、步行人在悠悠流动，似乎也都是来体验这苏式生活的恬淡和舒适的。

　　至吴王桥亭小憩，我看着官太尉河清纯流水静静南去，又赏阅一路所摄相机屏上古桥留影，好不欣喜。此处街巷底蕴深厚，我这次寻访还想要补缺看看袁学澜故居的。

　　在官太尉桥西堍，我找到了那座"双塔影园"老宅。

　　老宅成了吴都会馆，一些房屋在为生产所用，我持证联系未能进入。

　　袁学澜故居早就整修一新，宅院门当相对，墙嵌砖雕生动，一座照壁甚气派。此宅已立为市级文保单位。

　　清末诗人袁学澜属今吴中区郭巷街道渡桥村人。他功名未遂转而诗歌创作，一生写下大量诗作。目前，国内所见他的诗词有 3000 余首，其中近半是写吴地民情的，由此他被誉为"风俗诗人"。他的《南宋宫词》《姑苏竹枝词》《苏台揽胜百咏》《田家四时绝句》《吴郡岁华纪丽》等都是有着影响之作。

袁学澜（1804—1879），享年75岁，大半生在乡下老家度过，家中广有田地，了解乡情、农事，这些与他诗歌创作形成专有风格极有关系。他在《田家四时》中写道：桔槔抽水灌区田，人祭牛栏化纸钱。一畬绿蓑鸣骤雨，鹭鹚飞破碧溪烟。插秧人语水声中，云罨梅天雾雨濛。数亩栽成棋罫样，壶浆童挈馈农工。

咸丰二年（1852），他购下卢氏旧宅修整后改名"双塔影园"，不久奉母迁居城中，其时还未满50岁。以后，他身住城内，但渡桥有祖宅、族亲及乡邻、村伴，有田产经营，总之还有割不断的村情、乡愁。可以想象，每年中，他都是会在城乡之间频繁往来的。

袁学澜的诗作体现乡情、民意，也同情乡民，鞭笞官府。似《田家夏日》中"田中粒米皆辛苦，寄语官仓莫浪征"。《采菱》中"莫道烟波无赋税，近来湖面课租钱"的诗句有很多，这使他还得了"诗史""诗虎"称誉。

幽幽巷陌、寄情诗作，袁学澜在"双塔影园"住了近30年。他在自作的《双塔影园记》中说，"今余之园，无雕镂之饰，质朴而已。鲜轮奂之美，清寂而已"。"余得居之，有深幸焉。"影园成了"罗列文史，会聚朋友谈艺之所"。那里

"庭有花木，玉兰、山茶、海棠、金雀之属，丛出于假山磊石间，具有生意"。更者"邻寺双塔，影浮南荣丁位。据形家言，谓主居者多寿，娴于文艺以塔之秀气所聚也"。可见，双塔影园是推助他后半生写成众多诗作的好处所。

凉风拂掠，冬青花粒洒落，我在一片清香中踯躅。双塔影园虽未进，但身已感觉不再憾，袁学澜的诗作我日后还能拜读。

我踏上定慧寺巷石板道西行，过双塔罗汉园，过吴作人艺术馆，再过定慧寺古刹，瞬间抬头，见到那对南宋兄弟塔的玲珑塔顶正于艳阳下熠熠生辉……

走在横街

蔚门横街，在苏州是上几代人和当今人都知道的。

江南年年春早，横街又沐浴在暖暖的春意中了……

我是习惯到横街走走、看看的。清晨，随人流进横街，我看到街上早就熙熙攘攘了。人们从街的两头，从几条支弄、几座小桥上穿过后汇集到那里。这街从西头徐公桥至东头石炮头只有六百九十米长，加之不宽，使得这时段的街面总是挤满了人的。此时街面条石已经看不见，街间亦不能停歇，要想问价、做交流，人就得靠到街边、路角进行……

横街是具有特色的。说它是传统的，真不失古意；讲它是现代的，也确有今韵。街的两侧，排列着以出售食材和小吃为主的店铺。食材含荤、素，分生、熟，有本地产的和外地的。不提本地的，光看青海牛肉、山东羊肉、洪泽湖水产、大连海蜇、舟山海鲜、苏北草鸡、兴化鱼丸、绍家坊酒、重庆长生面、云南野生核桃等部分名称，就会让人觉得满眼新鲜的。

横街上的许多经营户是诚信经商的。现磨养生坊，搭配五谷精英，当场操办细磨；小胖鱼店开片零卖，桶中活鱼任你挑，刮尽的鱼身尽选段；许记汤团点，现做现卖，还外卖生汤团、生馄饨；中华老字号用直酱菜店，可挑可尝，几十缸酱菜散出醇香；武汉老面馍，物有所值，笼笼热热腾腾；热卖的周妈妈香粽，吃客正边吃边在体悟广告语：妈妈做的，我都喜欢……

王氏双塔烧饼店，葱香扑鼻的烧饼做得实在。经营者表明：诚实做人，诚信经商。65岁以上老人、退伍军人、环卫工人买10送1。老摊头爆鱼店旗飘摇更热火。店主承诺：每天早上七点换油，老油全倒掉，请大家监督。还亮出苏州电视二台"兜兜白相相"节目报道语：张妹妹都说好吃的爆鱼，现杀现炸现卖，不用隔夜油，与众不同的秘制卤水……

王氏店边的等候人，老摊头前的排队者，似乎都在昭告：取信于民，经营何愁不好？

横街上买卖不只诚意多，那里的小吃品种几乎也是多得可以囊括苏州城的。这街上面粉的、糯米的，蒸的、汆的，下水煮的，一样不落。这些小吃，朴实、原真，沿店走过，会叫人味蕾绽开的。

领受无数美味小吃、时令鲜货扑面，我在街边穿行。走过炒货坊、糕团店、桂花糖藕摊，再过白切羊肉、五香牛

肉、太湖虾蟹、吴家豆腐、藏书羊肉、傻子牛杂店铺，又见
到抢先应时的马兰头、青蚕豆、枸杞、春笋、草莓、慈姑、
荸荠、嫩菜芯，我在周记青团店买了几只青团子后，坐上蒋
家桥侧条凳享用。桥下清纯的流水，正沿驳岸水巷匆匆南入
莳门塘，就像四周弄巷的人流汇向横街一样没有停歇。

　　我在那里，见到那些进进出出的市民都是喜滋滋的。这
条街的亲民、实惠，我早有耳闻。家里两代主妇也常要到横
街买牛肉、买海鲜、买蔬菜的……我妻和儿媳亦时常会流露
出对上这街的满意感的。

　　我进了近年整修的横街集市。集市摊位按类分设，那里
不缺荤菜，更是摆满各种绿色蔬菜。合着扩音器中轻播的苏

州味乐曲，我顺不同菜类区域走动，脑中便体现着了物阜民丰的感觉。

在正门入口处，我看到那副"满帘春信云归晚寸草天涯影在眸，人掩廛声缓缓流风接城外藕花洲"长联，直觉得这条横街亦是藏于诗意中的。

进千里香馄饨店吃了碗热馄饨后，我又西行。街西头那两排大红灯笼高高挂着，使街头时刻显得喜气洋洋的。触摸着苏式"老时光"的横街，赢得百姓的喜爱，才有了一年四季的热闹……

夜间的横街，少见行人，店门寥寥开着。那些湿乎乎的条石，于稀疏的街灯下闪出微光。电动三轮车和"货拉拉"车正为店铺送货，那是这些在白天无法进行的。

横街不设夜市，没有霓虹灯闪烁。入夜就打烊，因它白天太累，明朝又要早早开店。

我缓缓而行，此时这街好似属于我的了。依着一爿爿店铺走去，看店名，记店联，全不用担心有人来挤我。

一路好心情，这晚上，我在清静中走了一回。直面古朴、清雅，我不时驻足，寻觅起先前横街的久违记忆——

我的老家在横街东南六七里路的一个集镇上，水路穿黄天荡到横街并不远。年少时，我亦坐船到横街，随大人买杂货，到孵坊购雏鸡，挨老虎灶孵茶馆；进同镇老乡开的布庄、棺木店聊天；到吴中名医许伯安的诊所就诊……记得那时横街亦热闹，不过比不上现今通四海、有大气。

回程，我顺南侧支弄步上了红板桥。这座清代宣统二年重建的单孔石梁桥，灯光下，我看出它的桥身和铁栏都得到了很好的维护。

横街河街相依，这条葑门塘没了船舶停歇显得宽敞多了。随着河道严加保护，淙淙流着的河水也带来了淡淡清香。此刻，这塘河已经随同横街歇息，水波里晃动的只是枕河人家的灯影……

玉延印证相知心

窗外，淫雨霏霏。

杨君发来了周六上午三人聚短信。

我欣然而应。又经网络联系，三人敲定。

三人者，阳光、帅气的张君，和善、亲切的杨君，加上有点木讷的我。

许多年来，四季往复，从大公园、桂花公园、桐泾公园等茶室至怡园茶室，三人常相聚，至今友谊不断。

我们均40辈人，都爱文学，都惜时光，走过昔日沧桑，带上些许成熟……真诚、坦然相遇，是一种机缘，也有太多的必然。

不分主从，不必准备，无讨论专题，一切随顺、随意。

一样地敞开心扉，善解人意。探文学、悟道理、理内心，每次和谐律动，平和、放松、快乐……

年复一年后，三人又觉得于苏州园林中小聚似乎会更显风雅，园名出自《论语》"兄弟怡怡"句的怡园甚是合适。由此，前年金秋，我们就移之怡园茶室，据一角继续品茗尽聊。

新冠肺炎疫情爆发，三人聚暂停数月。后听得园林重新开放，遂又前往续聚。那日，我等兴冲冲抵达，才知怡园茶室还未开张。

文友相聚，惯常依桌附茶，要不会少雅兴。于是，就在茶室对面找到了宁静、宜聚的玉延亭。

玉延亭为倚墙六角半亭，亭角攒尖，有飞举之势。据亭内竖挂匾文明示，清末园主宦退后，在明代吴宽旧宅遗址复建怡园时，于园东地筑此小亭，并依"万竿戛玉，一笠延秋"之意名之。

玉延亭边长有竹子，风吹竹丛会发出玉石响声。此亭轻盈活泼，显得诗意十足。不过，亭内只有一张石半桌、两只石鼓凳。尚缺的一凳，我就到售票处求助。那位顾长的女售票员倒也乐助，知是前来商讨文学的，便让我从茶室中取上一椅借用。张君拿出带着的新出《太湖聊斋续集》一书赠她。女售票员笑吟吟地收书，又把开水房的处所告诉了我们。这样，我们便有座、有水，三人聚又得以顺利延续……

这次，是在玉延亭内第二次相聚。我先前到达，搬好一椅，取抹布把半桌、鼓凳及椅子擦净。三人到齐后，又去两人持茶杯至开水房加上热水。

　　仍按上次位子入座，张君、杨君分别面东、向南，我则朝西。坐定毕，杨君即捧出新书《东山史海珍闻》相送。此书，已是杨君的第 26 部出版书籍，这位没有停歇的追求者，可谓著作等身！

　　三人从杨君新书聊开，很快亦海阔天空起来。重提孩提情怀，再谈封尘往事，发文学园地上同耕耘、同收获之快感，为各自的文学创作支招，也悟山外有山、楼外有楼……

　　文思敏捷的张君，具一如既往的坚强；耐得住寂寞的杨君，有岁月积淀之从容……对此，他俩完全是我久久阅读之大书。

　　谈及作协会员升级，张君、杨君均为显得淡然。张君说，一个作家主要看作品，这与他加入哪级作协无关。杨君道，这东西，他亦缺少兴趣。

我们三人均为省作协会员，张君、杨君早在二十世纪九十年代就是。

张君亦除在报、刊发表文章外，已出版长篇小说5部，小说集、故事集5部，创作电视剧原作3部，其中《决战江南》（与人合作）还获得总政第26届全军电视剧金星奖。无疑他俩都有了加入全国作协的资本。

于我，自叹弗如。我于教师退休后开始文史和文学写作，发表文字不多，编纂、写作书籍亦只是几部。

我们悠然喝茶，没有惊扰四周。倒是，不时有簇拥着的对对新人走近拍摄婚纱照。是啊，人生乐在相知心，在这曾经名士雅集之地录下见证，是可以一辈子珍惜的。

趁间歇，用自带的相机，也请人为我们照了几张相，让三张和悦的脸，都留下了彼此享受的充实……

我与杨君持杯去添水后，三人起身辨读起了亭中镶有的明代书画家董其昌的草书石刻：静坐参众妙，法谭适我情。思之、议之，众得感悟：树精神、不浮躁，静心、养心，在现实中、亦在希望里，就能让生活充满韵味，使老年岁月同样成为人生最美好的时光。

这使得离开玉延亭时，三人不禁又感慨起来：

张君说，不知老之将至，才有希望，才有梦。

杨君说，内心宽阔一点，快乐也会长久一点。

我说，用好空闲时间，才能打造出一个更好的自己。

随后，三人惯例沿怡园长廊、小径兜上一圈，看这灵性满满的小园里，千姿百态的游人在故事传说中穿游……

中午，三人在一定点食府用餐，所聊仍似所喝黄酒一样至醇至浓……

周游

咸亨情趣

绍兴的咸亨酒店就在鲁迅故居近侧，那几间粉墙黛瓦的老房子是会让人产生兴致的。

入酒店，我看到了曲尺形的大柜台，写着"太白遗风"字样的青龙牌，还有粗糙的绍兴酒甏，铁皮制成的温酒爨桶……

于浓郁的酒香里，与同行友人上前依古朴的长桌、长凳入了座。我们要了点绍兴黄酒，以盆装的茴香豆、咸水花生以及几样荤腥做下酒菜，只是时令不合没有盐煮笋。酒是装在爨桶内卖的，要在冬天这东西本是可以用来温酒的。

店内的 10 余张桌子一直被人挤满，这些品酒之人，如同我们一样，多数是慕名前往的。有趣的是，在座间还夹着几位绍兴打扮的当地农民。我想倘是在冬季，他们肯定是会戴上又宽又大的乌毡帽的。

满屋纯酒味，一堂欢愉声。许多人是趁着兴味来的，对于喝酒，恐怕要数那几位绍兴老乡才是最专注的。

然而，在咸亨酒店小酌，让人最为惦记的自然是鲁迅小说中的孔乙己了。最先提及孔乙己的是一簇中学生。他们济济一角落，在边吸饮料、边嚼茴香豆和盐水花生的同时，对着语文课本上的《孔乙己》绘声绘色地朗读起来，继而又对插图中的孔乙己形象进行模仿。这声音、这表情，叫人体会得出，这一次他们是特意到咸亨酒店来感受的。

蓦地，人丛中走出一位中年男子，他撸撸嘴唇后竟当众学起孔乙己来——先是扭头指着盆内的茴香豆，对着桌旁的中学生拖着腔调说："你读过书么？读过书……我便考你一考。茴香豆的茴字，怎么写的？不能写罢？……我教给你……”一位灵敏的中学生很快接上话头："谁要你教，不是草头底下一个来回的回字么？”那位仿学者也就显出了极为高兴的样子，用两指的指甲敲起了酒台，不时地点头说："对呀，对呀！……回字有四样写法，你知道么？”霎时间，引得店内一片笑声。这时，这位兴味盎然的仿学者忽又立起身来，伸开五指将盆子罩住，像念似唱地说道："不多了，我已经不多了……不多不多！多乎哉？不多也。”尽管未穿破旧长衫，亦无乱蓬蓬的花白胡子，但凭他出色表演，使店堂内始终充满了快活气氛……

许多人趁兴在店堂内外照了相。我们也照了。诚然，在这处"上大人"常来喝酒的地方，人们总是想要留下个影的。

一段时间的逗留后，当我们带着略有酒意的感觉，再看墙上那副著名作家李准"店小名气大，老酒醉人多"的题词时，都是怀着一种难以言明的情趣步出这爿酒店的……

清静怡人"农家乐"

待留了两个小时在悬梁飞瀑景区后，我们大半天车程的倦怠已被驱除。那里，古树荫翳，怪石嶙峋，悬梁、飞瀑、流溪汇集，加之徐霞客足迹、名人字刻留驻，还有瀑声、溪声、虫鸟声盈耳，这片藏于天台山峡谷中的恬静之地，真是让人不想离开。

驱车去投宿时，西下的太阳已靠到了山脊上。依着广告牌指引，我们的车向石梁村"农家乐"经营点行去。

那里处景区后侧，山坡上坐落着许多幢别墅式新农楼。这些掩于绿树修竹间的乳色楼屋，都由一条条盘曲的山道连着。

顺一段坡路，儿子踩油门驶进了那个筑有别致门楼的院落。院内的场地上已停了几辆车，一条印有"祝贺天台县石梁镇农家乐美食节开幕"字样的红色横幅醒目地挂着。

这是"农家乐"旅店，由天台县农村工作办公室和风景

区旅游管理局管理。我们所到的石梁村"农家乐"NO.005是家共产党员经营户。知我们投宿，一位中年女管家就与我们热情交谈起来。女管家说他们是王姓兄弟3人与一家许姓人家联合的经营户，当地旅游业一开发，就办起来了，5个单元楼屋分A、B、C、D、E幢统一管理，设有20个标间可住40多人。旅店轮流留人管理，其余的都出去上班，如今来山里休闲的人不少，生意也红火。

我们选了环境更幽的E楼，标间百余元价格，设备齐全，很是干净。女管家带我们去放好行李后，又抄近路领回院落。趁儿、媳去点菜办手续，我老两口连同孙儿便坐到场前桌旁喝起茶来。此场地居高临下，旁侧开着鸡冠花、凤仙花，头顶棚架爬满丝瓜藤蔓，清清凉凉叫人喜欢。我依着桌前鹅卵石叠起的半墙望去，视野极为开阔，不远处就罗列着长长的天台山脉，近处公路盘绕，沿溪菜畦葱绿，竹围内的山鸡在觅食。这家经营户的5座楼屋都在山崖旁，崖边一条长水管引来的山泉水正不紧不慢地流进那个长方水池中。

很快开始用餐，我们坐在丝瓜花盛开的棚架下。这时，西边的山脊已铺开红霞，那抹霞光亦把四周染亮。桌上搬来山里鸡、绿蔬菜、清水笋和当地水库产的鱼，要来加饭陈酒，父子小酌，全家实惠。席间拂拂凉风飘来清香，纺织娘和别的秋虫叫声也凑起热闹，还能边吃边赏空蒙山谷恬适画卷……

餐毕，至凉意难忍时，全家人才归向E楼。坐到处于山腰的露天阳台上，直面恬谧的山村夜色，我还是贪婪着不肯放弃享用这天籁之音、山野之风的。想到这次一家人难得偷闲聚拢，应着这家旅店门楼那副"青山清我目，流水静我心"联意，享了自然、山水之乐，又尽享天伦之乐，心里一直甜滋滋的。

随后，秋虫嘶叫变稀，唯清风还徐来，我精神特爽。环视山村，透过树木掩映，我看到周边许多农楼上的亮灯在不时闪烁。想到这千年山农之贫被眼前现实替代，还有自己和许多家庭已有条件开车举家外出休游，这情景一直让我禁不住地欣喜。

　　C 楼 3 层有房间还亮着灯，一个小男孩在阳台上吹起了萨克斯管。这支浑厚小夜曲，一时间，正轻轻地把天籁尽寂的山谷填满……

想要去的远方

每每傍晚，我惯常于住宅小区旁侧的沿河小道散步。那日，同小区的徐先生对我讲，数月前去新疆北部、南部旅游的情景，尤为推崇那个喀什古城。他说，那里才是真正充满维吾尔族风情的地方。

于是，我与旅友张罗着要去南疆旅游。孰料，疫情生变，喀什未去成。然而，却让我们几人想起了几年前去过的北疆喀纳斯——

那次，到达新疆后，我们是从乌鲁木齐再出发的。

经一天半长途颠簸，苏州产的金龙客车把我们拉到了喀纳斯的接待基地——贾登峪。换乘景区车辆后，我们又向目标地驶去。汽车不时穿林，依山进，傍水行。不久，大家在车厢的一侧就看到了神秘的喀纳斯河。

景区车沿河岸频频转弯，眼前接连呈现出斑斓色彩：天

空湛蓝，云朵洁白，树木苍绿，山坡与林间留出的草坪是黄绿色的，视线下的河湾像是铺满了鲜艳的翠绿色翡翠。

8月的新疆喀纳斯，已经凉爽宜人，游客都是穿上秋衣进入这个清凉世界的。同行的七个人是自助游，悠哉悠哉好自在。我们是从景区里边往外游的，先在浮木长堤那个码头上了喀纳斯湖游艇。

喀纳斯湖，于群山环抱中静静地铺开，是个异常美丽的山地湖泊。

游艇顺水缓行，游人处于梦幻中。水是纯净的，环湖的山和树投下了朦胧的影；水是墨绿的，绿得让四周的色彩逊色。艇到二道湾传说中"湖怪"出没处，霎时让人激动起来。所有的人在眼盯着湖面看动静，都想遇上好运气，碰碰巧与"湖怪"来个直面……

离艇后，我们便依着水岸向外慢行。那里已是喀纳斯湖的下游收尾处，湍流进入的那段水道是被称为喀纳斯河的。河中涌动着白色和绿色相间的浪，由于水位落差大，它们都是奔腾着向前冲去的。水声哗哗中，飞溅的珠沫不时会夹上凉意向着游人飘去。

弯弯的木栈道被树木罩着，大大小小的枝丫频繁地伸出，一些高出路面的游龙状树根，让人觉得离奇。走在木栈道上是安全的，上面罩有防滑的钢丝网，遇到低浅的地方还能拣到漂亮的鹅卵石……

我们带着"图瓦人之谜"，走入了临山、近水、可见蓝天的图瓦族民俗村。图瓦人的住屋都用木材搭成，夹杂着树木，一家家散落在草地间。图瓦村落是闲适的，屋边有牛犊走动，有马儿放养。如今旅游业兴起，图瓦人也在经商，他们把原有的小木屋一装修，吃的、用的店铺都开出来了。许多木屋旁都停着摩托车和汽车，这些现代交通工具在那里早已不再新鲜。

村中一座尖尖屋顶的建筑很漂亮，那是图瓦小学，是香港邵逸夫先生捐建的。近处林边，有几座欧式木屋，听说是为配合造景的，它们那样幽静地显示，倒也真是让人看到了瑞士的特色风光。

我们又走向神仙湾、月亮湾、卧龙湾景区。

神仙湾本是河滩，流水将树林和草地冲出了似连似断的湾。在这片云雾缭绕的河湾里，弯弯环转的流水、轻轻摇曳的树枝、贴近水面的草皮，都在阳光下闪亮发光。这样的生动，据说是当年的成吉思汗在弯腰洗手时掉下了珍珠后才形成的。

叫作月亮湾的河床成反 S 状，恰似一牙弯月初升。那里无波无澜，很是安静，美得能让人看着不想离开。湾里两座巨大脚印似的小岛，被称为神仙脚印，当地人说以此湾之水洗手是可以带来财气的。

卧龙湾里那个龙形小岛，传说是天上小龙身体化成。湾中水色碧绿，岛上有草、有树，河湾一岸是开阔草坪。草坪上，野花遍布，游人、牧马流动……

我们斜穿的一段树林，是片纯正的针叶林。林木都高高大大的，说明牌上的树名写着云杉、冷杉、红松和西伯利亚落叶松。林间是另一世界，四周阴凉凉，地面软松松，长有灌木，偶见野花，枯树的残桩可以想象成各种形状……走在林间，感觉真好，大家一直处于清香环绕之中。

出树林，踏草场，有一群黄牛在吃草，牧牛人老远看着，游人走近无妨。这些牛都皮光锃亮的，大概是应了有人所说，当地的牲畜"喝的是纯净水，吃的是中草药"的缘故吧……

　　没机会看那里的秋色、冬景，听说在这两个季节里更是美得无法说，不过那时候到喀纳斯是要缘分，需要勇气的……

　　"如果你要去远方，新疆是个好地方……"倏忽，王琪自己创作并演唱的那支歌，似乎已在我们的耳边跳跃着响起。大家说，北疆去了，南疆自然也是要光临的。

　　此刻，我们已经在想着喀什古城的纯正，想着走向绮丽的可可托海，去会会那位多情的牧羊人……

邂　逅

几年前，我与两位旅友去西藏自助旅行。

雪域高原神奇、美丽，所经人事美好、愉悦，这记忆至今还在我脑中泛起。

坐沪萨列车进藏，一路有看不完的景。数十小时行程中，与同室一中铺位的 R 乘客相互帮助、真诚相待……很快，彼此就熟识起来。R 的老家是江苏宜兴，那年有 50 余岁，身材魁梧，一副敦厚相，国字脸上被眼镜挡着的一双眼睛总是笑眯成一条缝。他 20 多岁进藏，在西藏自治区某局工作，是个老西藏了。

一路上极友好，列车到达终点站，大家成为朋友了。此时，拉萨城正灯火通明。R 用家人开来的私家车先送我们到他熟悉的喜马拉雅饭店帮助安排住宿后，才深情地分开。

至此，这趟列车邂逅似已画上圆满句号。

次日傍晚，我于饭店近处的拉萨河畔散步，正对着蓝天

　　飘动的白云、湍流激溅的浪花进入遐想时，却接到了 R 的热
情电话。R 问，晚上可休息好？去布达拉宫参观可帮预约，
回程的车票他搞也困难，但可一起帮助想办法。我说，不麻
烦了，去布达拉宫预约参观和回程车票，已找家乡援藏干部
落实。谢谢，太感谢了！

　　接下来，我们自游拉萨。新奇的八廓街，神秘的大昭寺，
巍峨壮丽的布达拉宫以及富丽堂皇的罗布林卡，参观时一直
让我们处在激奋中。几天后，我们决定再去林芝走走，是参
加当地旅行社的两日游，在自治区政协招待所办的手续。当
时，为清晨乘车方便，我们就隔日搬到了这家招待所入住。

两天过去，回拉萨，回程车票也搞到了，我打电话与R道别。R问清情况，说一定要来送送。那天他果然提前开车到招待所，一停车就急急上楼找到我们。"你们真要走了，没有好好关照。"R未进室憨厚声就响开，"你们要走了，我也没招待，真不好意思。"看着他一双笑眯着充满了歉意的眼睛，真让我们三人感动。一番话别，我们重坐他的私车去车站。车过江苏路、拉萨大桥……一切是美好的，我们向披着霞光的拉萨城默念再见。车到拉萨站，于站前广场，借霞光，依青山，我们四人合了影。R站中间，眼睛仍憨笑成一条缝，我们也都笑得开心……

回苏州，我去电话感谢R，他接电话仍说做得不够。随后，我把合影寄他，他为我寄过几期载有"副刊 · 雪莲花"的《西藏日报》，让我按电子邮箱投稿后，发表了3篇旅藏散文……

至今，几年过去，提及西藏，我的脑中仍会跳出一个R来，一样的憨憨厚厚，一样的阳刚、儒雅。我们最终断了音信，让我好内疚。R是否退休？想来还在西藏继续美好人生。我们祝他健康、幸福！当时他是自治区某局的一位中层干部，我们分别是退休教师、退休职工和在校大学生，仅车上邂逅，他竟那么倾心相待。如今，这真情的芬芳还在心头萦绕，使我不时会念想起雪域高原的美好来……

走进台湾

一趟台湾观光，8日环岛游，让我俩在同文、同种环境中悠游，一切是熟悉的、亲切的。

1. 机场里感受

信义航空公司的班机于台中机场一停妥，在我们走下飞机舷梯时，正遇上滂沱大雨。

机场方面准备了很多雨伞。那段 10 余米长的雨路两头，各有几名工作人员在为乘客撑伞、收伞。

走完雨路，在我们准备收伞归还时，几乎听到了尽是相同的回答："让我们来吧！"声音随笑意飘散，这飘散带着真诚。

这是我俩走进台湾的第一个感受。

台中机场军地两用，规模不大。民航用房均用旧屋改建，设备简单，远没有大陆机场那种宏大场面。

我拎着衣物包，按序过安检，走入卫生间方便。

我重回安检大厅时，却见妻子遇麻烦。妻拎的大小两只沉甸甸包，为进台后自便，塞进了媳妇为她采办的食品。

一只温顺的小白狗在拎包边嗅着不走，两位穿制服的关卡人员正对她盘问。

"包里是否有违禁品？"

"食品在上机前都吃了，这只包上沾的是打翻的汁水。"妻倒回答镇定。

一位关卡人员看看包上沾着的汁水道："以后注意！"

"给一张单子！"另一位关卡人员递上了警示单，但语气并不严厉。

小白狗离开了，妻过了那道关。

我接上那两个包，问妻子："可紧张？"

"我是民间旅游，又未藏烟土！"妻亦坦然。

很快台湾导游白小姐接上我们团。她简单道明情况后，把我们领到大巴旁。白导介绍了随团司机。司机姓彭，白导说就是彭德怀的彭。

在车上，白导向我们不停地作着热情介绍。这姑娘伶牙俐齿，不多久就和大家搞熟了……

需要再说的是，回程我们还是在台中机场乘机。

当航机在晴好的阳光下滑行时，透过机窗，我看到停着歼击机的机库旁，两位穿戴齐备的台军飞行员，正对着我们的航机点头微笑……

2. 穿行阿里山

大巴依盘山公路行，3月的阿里山脉已绿树成荫。

一路是连绵不断的青翠，高高槟榔树尤为显眼，路边茶庄飘来了烘茶香味……

车再上就处雾蒙中了。树木迷糊着退去，远处的云缝露出一点亮光。

转了几个山头，日光从山顶射来，车轮碾着林间透出的光线行进。

不久，天高云淡，山头都从云雾中伸出，眼前出现了坡地式、梯田型茶园。茶树长得翠绿，一棵棵、一垄垄清楚极了。茶农穿青花衣衫、戴斗笠田间劳作，那清新真是带上诗意。这茶园从远处看去，真像一条条绿毯盖在坡上。它们以葱树为伴，与白云相邻，这身临其境了，也就体会着了高山乌龙茶的原味……

至中转站，我们换乘中巴驶向主峰林地。

主峰林地以桧木为主，棵棵笔直，高高大大的，那幽绿逼人的浓密枝叶把本有的空间遮得不留缝隙。

林间的青苔绿藓疯长着，它们紧贴树身、地面，甚至附上挂于枝条的长藤摇荡。

不时出现惟妙惟肖的树桩造型，让妻子惊奇得叫了起来。

片片蔽天巨林，与山地湖、池，溪流、索桥，寺庙、崖刻，以及盛开的樱花小林互为衔接。我们穿行其间，感觉苍茫、神秘，享受清凉惬意。

至中心景地，见到当年标志性"神木"——"周公桧"。这神木虽劫后余生，长出后代新枝，但毕竟失了那时雄姿。然近处香林旁的"光武桧"已成"台湾地标"新继承。这棵民选的"二代神木"亦苍郁无比，巍巍然让人敬畏。看着树牌"高45米，胸径3.92米，年轮推算萌芽于2300年前的汉朝光武年间"的介绍，我俩一时肃然得不知离开……

附近看到了一条火车轨道，遗憾的是小火车正停运，要不然我俩是可以跨上一段慢慢感怀的老时光的……

3. 虚惊燕子洞

太鲁阁公园三面环山，东面空开处临近太平洋海岸。进山公路像个倒写U字母，我们也是从这个字母的一边进入的。

公路只容两车相交，一边高高石壁，一边深深峡谷。

大巴挤走到了U字母底端，我们被安排戴上蓝色头盔。

整团32个缤纷个体套上了盖头，对这不伦不类，旅友们都怪笑起来。乘着激情高涨，我索性为大家照起了相。随闪光灯闪，我说："一车台湾矿工，合影留念！""哄"一声，车内笑得东倒西歪。

下车后，随导游进入。游人多，行进慢，我们成了自助游。

我与妻沿路行，抬头望，低头看，体味着这山川胜、林壑美。太鲁阁里的山海拔虽700余米，但路边绝壁却长1.2公里。这连着的陡峭山壁，巍巍然成了道天人合一的屏障。有些山壁呈刀劈状，深浅不一的石色花纹上不长树、少有草，真可谓兽不立、鸟难停。

往前到了燕子口、九曲洞，是峡谷中最让人心动的地方。

山腰间、峡谷上，有洞当路敞开的是燕子口。此洞口高大，因对岸大理石峭壁小洞穴里住有众多燕子而得名。

再前为九曲洞，原是中横公路一部分，通新路后辟成旅游点。介绍上说"如肠之回，如河之曲"，我想它之所曲，应是不会少于九曲的。

九曲洞内半明半暗，旁辟的步道则亮着。我俩先入步道，观、听脚下立雾溪环流丘、过断崖，哗哗响着向前流。然高空观溪，久站心荡，照好相后，我俩也就转向了洞内。隧洞里神秘，光接连晃动的暗亮头盔亦好奇，但黑咕隆咚的头顶悬石却叫人胆寒。倾然间，"啪"一声，落石下，正掉在前几人空间。看着这块鸡蛋般落石，我俩也随众人惊愕了一阵的。我想这下大家该明白戴头盔的缘由了吧……

4. 跨上回归线

沿着东部海岸公路北行，大巴的右侧一直有深蓝的太平洋做伴。

当天上午，我们被安排参观东部的北回归线标志塔。

车至花莲县丰滨乡静浦村，一座高大的白色圆锥体塔身矗立在眼前。这一灯塔状的标志性建筑，犹如一把闪亮的利剑直指蓝天。它的顶部是个极大圆球，南北两面锥体上均标有醒目的"北回归线"字样。

这景点就在海岸公路内侧，不收门票，大大方方敞着。

我走向这座独自兀立的标志塔，阳光从它洁白的表面返照出光亮。塔体的中间留着直至顶部的空间，塔底石板间的细缝就是那条北纬 23° 26′ 的北回归线。

这条叫人难以触摸的线，其实只是人类在认识自然过程中确定的并不真实存在的标记，但大家还是争着要在这条虚设的时光分界线上照个相留下影的。

等候照相的人都顾不得烈日烤晒，大家自觉地在一侧排起了队。

轮到我俩照了，我与妻子轮流操作相机。我先进塔中空间，跨上细缝，高举两个手指摆出 V 字状；妻子后进塔中空间，跨上细缝，两边手指都摆成了 V 字状。照片拍成了，但我俩都已汗流满身……

在我国，连同台湾要有四省有地区通过北回归线，在不经意间，我俩穿越这条地域线的次数应该是不在少数。不过，我想只有这次一脚留在热带、一脚踩着北温带的带上地理特征的照片造型，才是能让我俩常常记着的……

右侧太平洋面的深蓝与天宇的蔚蓝形成了清晰的对比色。此刻，洋面算是平静的，不大的风浪向岸边推来，只是在突起的礁石上溅出一点白白的浪花。

向东望太平洋是无际的，看到这样的无际，我真体会到了浩瀚一词的含义……

5. 野柳看奇石

野柳地质公园，大自然造就了奇幻。

入第一区，人就置身石林世界。蕈状岩的柱身托起皱褶柱头，那些上粗下细的样子真似岩层里伸出了一片大蘑菇。这些蘑菇大都比人高，形态各异，让人想象后赋予了各种名字。

我与妻走向海边烛台石。连着这奇石的圆锥石形似烛身，石形中间的硬结核如同烛火，从稍远处望去，真如一组蜡烛在风中燃烧。

近处又见灰黄的姜石。这些带着姜的外形、纹路、质感的弯石，极似生姜在铺晒，使人看后味觉上亦会生出辛辣来。

　　还有鲤鱼石、鸡腿石、艺妓石、冰激凌石也形似真物，情人石则以偎依形态作比，都能叫人称奇……

　　到第二区，人们最想看作为野柳象征、台湾旅游名片的"女王头"。它以 2 米高度伸脖远望，发髻高翘，面部端庄，但看得出也在遐思、企盼……有地质学家称，依颈部风化速度，它只能保留 10 年～20 年，倘遇大地震、大台风，亦可能提前断落。我俩心知肚明，要紧绕着"女王头""咔嚓、咔嚓"了好一阵。

　　近海还可看象石、仙女鞋石和花生石。这些石形像真实，又藏故事。如仙女鞋石是仙女下凡收野柳龟妖时遗履变成的，象石则是仙女忘却骑回的坐象生成⋯⋯

　　第三区的怪石也值得看。石坑中见小海龟缩着，岩顶上有玛伶鸟斜蹲⋯⋯这只大过真实的鸟翘嘴、睁眼，眺远方。那年荷兰船在外海遇难，船漂到野柳湾时，船员都罹难，但船上的小鸟仍飞到这岩顶呼叫不肯离去，以至最后成了这块又名"航海鸟"的大鸟石⋯⋯

　　站到海蚀平台侧，大海就在两人眼前。涛浪阵阵涌来，没停没歇冲击着黑色的礁石，那溅起的浪花，在跌回大海后，又形成大片泡沫⋯⋯

日月潭上游兴浓

至日月潭，正遇雨霁云收阳光从云缝射出时刻。眼见宽阔湖面重漾金波，停航游艇又在游弋，让人兴奋。

很快，全团人上了"国际1号"白色游艇，坐入光洁宽敞舱间。

好一个明媚的湖泊。群山环抱中的日月潭，把一大片波光潋滟的湖面展示在面前……

在我静心欣赏间，船上一位年轻人提起话筒向大家介绍开了："我姓赖，名叫皮，是邵族人。欢迎祖国的嘉宾来到赖皮的船上。"顷刻，大家哄然笑开。见大家听得来劲，这位邵族小赖继续诙谐："这条游艇的司机姓蒋，他是当年在日月潭上给老蒋先生开船司机的——"说到此，他特意拖长声音吊着大家胃口，"隔壁邻居的孙子。""哄——"大家更是大笑……

游艇向北行一段后又左折沿岸线而进。一路往西，我不时为波光、山影、人文景观所迷：葱郁树丛中观光楼漂亮显

露，湖边蒋亭下昔日暗堡枪眼清晰可见，轻云飘过的青青山色间文武庙金灿灿出现……只可惜，这次无缘走上那条 365 级"登天路"，去朝拜那些集大成的天地至圣们……

游艇在湖面平稳行进，小赖又把日月潭的来历、景点，以及当年老蒋常到日月潭边休憩的情况向大家作了介绍。

过后，我们的游艇也随另几条艇停至拉鲁岛侧。这颗浮于水面的明珠，作为台湾原住民邵族祖先灵魂安息处，当是让人肃然起敬的。凝神望去，这半突半陷、似圆非圆的小岛，原有建筑遭地震所损而只剩得一些树木。可那里天蓝、山青、水纯、岛明，真谓"青山拥碧水，明潭抱绿珠"也。小岛居湖中央，又为日潭、月潭不偏不倚作了分界。

游艇至月潭边，稍稍作停。小赖指着那片宽广水面说：

"那边叫月潭，是养鱼区域，包括前面隐约可见的青龙山暂不开放。"接着他抬起头，咽一下口液后又对大家说："以后统一后，坐上直升飞机全能看清。等到那一天，我们是一家人。毛主席万岁！"说到此，他还伸起了握拳的手臂。这一下，引得大家又鼓掌、又呼叫，舱内顿时欢腾起来。

"国际1号"游艇又靠上玄光寺码头，与先停的艇挤轧在一起。阳光下多色的艇身在闪烁，日月号、大顺号、启明号、成功号、怀恩号、国际号、中美号等众多艇名让人看得目眩起来。

沿山阶上，熙熙攘攘全是陆客。我到玄光寺前眺望，绮丽风光尽展眼底：宝蓝的湖面上游艇犁波，黛色的山麓间白云飘拂，蔚蓝的天穹下绿岛呈现……回看玄奘寺，步道弯弯未敢上；再翘望慈恩塔，半藏云雾半露身……不过，此时我的精神已是特别爽。

回到艇上，小赖对着话筒又讲开："欢迎大家重新回到赖皮的船上……"他的介绍没停过，讲起邵族风情来更是有声有色。

返程艇开得快，我看到舷侧跳起迷人浪花，艇尾也甩下了洁白练带……

太平洋边等日出

在台湾，这一晚我们入住花莲洄澜客栈。客栈就在花莲港边，过海岸路是海滨公园绿地，接着是花莲港水面，再往东便是浩瀚的太平洋了。

我们同组8人商定，充分利用天时、地理之便，于太平洋边看日出。

第二日清晨，对着东方曙光，8人按时聚到海滨公园高地上。

四处宽阔、幽静，凉津津的风迎面吹来，防风堤口的橘红色灯塔还亮着闪烁灯光。同团的不少旅友以及当地的晨练者也在聚向海滨。不过，我们这些陆客所期盼的是，一轮骄阳从太平洋水线下冉冉升起……

时光慢慢过去，港口已有吊机在卸建筑石子，几条机动渔船亦开始驶离防风水面。外面的风浪明显大得多，灰蒙蒙的水面正涌动延伸，看来太平洋是难以平静的。

聚拢者在增多，我们团的多数人站到了太平洋边。6点25分，东边的云霞通红起来，霞光映照洋面，映照花草树木，也让我们披上一身朝霞。我们正静候红日喷薄而出，可是东边的水线上却挡起了一堵宽宽的云墙，看来这轮红日是冲不出这堵墙的。这时，大家的扫兴自不待言。

此刻，一位停下晨练的老人与我们搭上了话。交谈中得知老人姓刘，天津人，80多岁，是当年赴台的国军老兵，退役后在花莲县政府当职员，每年分两次领取生活费。这老人身体微胖，行动仍方便，是坐着轻型摩托车来锻炼的。老人说他已几次回老家探亲，变化很大的家乡真让他认不出来。

听我们几人讲苏州话，一位精神矍铄的老人也靠了上来。"苏州人，我是无锡人。"老人以无锡话自我介绍，"苏州话，上海话，我听得懂。"这位乡音未改之人，一下与我们拉近了距离。老人告诉我们，他姓张，亦80多岁，1948年以学生身份考上宪兵后入台的，50岁退役时是中校军衔，现每月领生活费。

老张说他每年要回老家探亲，还告诉我们当年随经国先生开山、修路、填海滩，开办石料厂的经历。他又比画着眼前的这片绿地说："这海滨公园就是填海弄出来的，当地许多走道是用石料厂大理石碎块铺成的。"

吸着清新空气，一起踏着露水打湿的行道慢行，又以家乡话交谈，我们之间显得亲切、自然。

老张问我们这几天在台湾的感受，我们几人几乎同声道出："在同文、同种环境中环游真好，没有一点身在异域的感觉。"老张笑了。笑过后他又对我们认真地说："两岸统一是迟早的事，真希望能让我在世时看到。"这下又让我们想到了车过荣民养老所时，那些大陆老兵坐在围墙外座椅上向我们的大巴深情挥手的情景。

这时有人叫回站用餐，我们就与几位老人一一道别。

当我们用过早餐重出客栈大门时，初升的太阳已洒下万道金光，我看到比天宇还要深蓝的太平洋水面上，正闪动着锦缎般的光辉。

登上大巴离开前，仍有几位老兵与我们的团员在热聊……

爱河漫步 [1]

清晨的爱河畔，清新、宁静。随着水雾流动，我们沿亲水河岸而行……

行道整齐、干净，大部分被绿荫覆盖，艺术化了的露台上开满各色各样的花朵。这时段，游河人尚少，只有一条不大的游艇在开来。

游艇没有声响，艇边散出的水纹与港湾推来的横波相交，使宽阔的河面上频频跳起了细浪。

亮着胭红身子的中正桥跨在爱河水面上。走到桥中，我们的心也随河波荡漾。白天没灯彩渲染，但放眼望去两岸仍是绚烂。苍翠的树，各色的花，蓝白的游艇，淡黄的建筑，还有铺着的红、绿地毯以及衣着斑斓的游人，让两边的水岸缀起了亮丽光带。透过喷泉水柱，看到高雄市级的音乐馆、

---

[1] "爱河漫步"——台湾高雄的一个观光项目。

历史博物馆和工商展览中心就在近侧，但此次我们已是无时光顾。

向南走是含有市民广场的仁爱公园。依大片绿地、临一河清水的爱河露天咖啡广场，此刻经营咖啡美食的小屋关上，街头艺人表演的平台敞着，布满的桌、椅亦带着昨晚的疲惫未曾醒来。电影图书馆的馆门正闭，不在服务时间，但看看漂亮建筑，也让人有了快意。

迎面过来的两条观光帆船撑着彩色风帆，东南方吹来的清风把船体推得灵动起来。路标上显示出一颗很大的红心，前方能到"爱之船——真爱"码头，就是当年产生爱河浪漫故事的地方。我们则左折，对着玫瑰天主教堂走过高雄桥，重回了河东。

依然清丽，依然浪漫。又到一处露天咖啡广场，我们坐上水边的藤椅歇息。我想，倘若晚上，这本是可闻得咖啡清香，聆听美妙音乐的地方。我们几对老夫妻又到绿篱旁，踏上彩色自行车道，在花团锦簇中照了相。各人的脸是灿烂的，都说这在爱河岸边合影绝非一般。

走到鳌跃龙翔景点处，大家目睹了这座高高直立的鳌身龙头雕像。这条静观中傲视着的鳌龙，亲切而不失威武，正对着眼下的爱河、近侧的街衢、远处的山麓凝思。

依然是花草、树木，连缀铁栏、木质步道。有白色鸥鸟沿河岸嬉戏，随我们追逐。到了"爱之船——国宾站"码头，趁着人稀，让人看清了广告说明。我们得知观光的"爱之船"共有 15 艘，都以国际知名情侣命名，中国的"梁祝号"常被人们挤得满满的。不过，这观光船开航时间却是在下午 4 点至晚上 12 点。

提到隔日夜深时车上瞥见爱河的绚丽，大家似乎还在遗憾。听说当地依托爱河每年举办的元宵灯会和端午龙舟赛已经负有盛名。这条爱河把大批的游人吸引，伴随而来的生机、商机，人缘、情缘，已让人们为高雄而傲。就这点言，我想应是可让大陆的旅游界人士得到启示的。

东面的楼顶射来了太阳光束，步道上漫步的情侣开始增多。他们偎依、缠绵、挽腰、搂坐，新的爱情故事又在产生……

　　面对眼前情景，我们当亦不会忌妒。大家表示，待下次再到台湾行时，一定于晚上黄金时段，在充满浪漫的气氛中，重走漫步道，也上"爱之船"的。

东瀛小记

1

京都为日本古都，是日本历史的看点。京都古城区内建筑都限高，它们低矮地沿着曲折的道路铺开，房屋都是不设防盗窗的。

我们去了当地的著名景点——世界遗产金阁寺。寺内主要建筑是金阁，建在一个被称作镜湖的水池中。这座3层建筑每层风格不同，第3层采用中国禅宗佛殿造法，里面供奉着释迦牟尼佛骨舍利，它的2层、3层外部以贴纯金箔装饰。

进金阁寺的大都为中国人。围满镜湖边的人们，在争先恐后地对着那座金碧辉煌的楼阁照相。

镜湖水是清纯的，几个小岛上都长满了树。这座金阁在水面留下的金灿灿倒影，经锦鲤倒腾后，让人感到有销魂夺魄般的美。

寺院所依的山成了苍翠的屏障，人们在围着庭园里的日式造景回游。

对着蔚蓝天空下，金阁顶端那只闪光的吉祥金凤凰，我再次拿出那张写有祝福语的纸符门票仔细端详……

2

参观京都传统手工艺西阵织会馆，让人亦有兴趣。那里是生产和服面料和制作和服的地方，还能观赏日本和服展示和真人表演。

在一楼我见到游人已围住那个 T 型舞台，和服表演秀正在进行。

7 位年轻妇人在台上表演。在众人汇集的目光中，穿着各色和服、梳着不同发型的表演者一个个款步上场。她们于轻缓、柔媚、华丽中展示，那步姿、表情、色彩合成了婀娜多姿的美……

二楼是传统工艺技术探访会场，展出许多手工织机，放满各色织线，挂上成品和服。其中一些和服显得十分华贵。

3

听了对祇园艺妓的介绍，众人有了好奇心。

日本艺妓是个特殊群体。听说只是陪客品茶、喝酒、吃饭，卖艺不卖身。她们的收入很可观。

京都的艺妓相对比较多。我们到了那条祇园艺妓风情街，先在南头入口处的小桥上照了相。桥下白川溪清水潺流，溪边树木葱绿。

我们踏着石板走进静静的小街。两旁是木质构造的传统建筑，正在营业的门店是拉下帘子的。我们走完小街，再沿那条白川花街折回，从窗外看到几家茶舍和酒屋内有艺妓在陪客服务……

白川边倒垂的枝垂樱在摇曳，可惜我们错过了盛开期。

导游说那里是可以追踪和服艺妓足迹的地方。在小桥南侧我固然摄到了两位艺妓的背影，显出古典美。

4

那晚我们于东横福生酒店入住。次日清晨，我依坐沿窗吧台享用自助餐。

我边用餐，边望窗外，异国的表情让我随处留意。

那里是生活区，不少人骑自行车行过，流动的汽车在自动候让。一个女学生把自行车在超市门口未锁停下，几分钟后她从超市走出，骑上车安然离去。

餐后我从酒店步出。所有的路面很干净，我们在几天早出晚归中未曾见到有清洁工打扫。不大的街心公园内铺满了绿，一棵高大的老榉树是特意留下的。树下竖有一个石雕，吸烟处设两条坐凳给人方便。

福生地铁站外表平常，乘客出入在二楼。清晨的出入口，乘客川流不息。人人来去匆匆，静静地，没有人出声……

5

那次午餐，是我第一次体验日式用餐。

7人先行进入了那处依湖而设的日式餐厅。餐厅是地板房，置20余张长方矮桌，两边铺方垫子作坐凳。

我们先脱鞋，选其中一桌入座。有点年纪之人是难以学像日式盘坐的，无奈中多数人把脚伸到了矮桌下。

几个服务员均为日本老妇，衣着素雅，略施粉黛，说话轻柔，伴以鞠躬。

台上放着日式碗盏、盆罐，还插进一只小烧炉。各人自助，操作忙，吃得忙，众人乐呵呵。

席间我们照了几张相。

餐毕，我们穿鞋离去。老妇过来鞠躬送别。日本礼节让人感动。

6

最后一晚我们住东横成田酒店。房间是旅程中最大的，窗户外就是成田机场。

晚餐自理，罗领队带我们7人坐机场班车去成田空港用餐。

成田空港有2座候机楼，我们所入1号楼也大得难行。好在罗领队通日语，一些汉字我们也能辨认，不久就找到了餐馆。我们进之，见标价昂贵，1000日币仅能果腹，一番斟酌，大家退避。

回程时我们在楼前作了领略，成田机场为国际空港，规模大，但感觉上它还没有浦东机场那样的现代和气派。

罗领队说，成田机场造了几十年，但还有该拆民房顶牛在里面。我们听后自然觉得奇怪。

后来，罗领队又领我们徒步8分钟去临近小超市解决眼前之急。

第二天清晨，服务员电话中叫起床，声音柔润，令人喜欢。

我未听懂意，自顾学着柔音连回两声"阿里嘎笃"（谢谢），听筒中送来了女音"扑哧"笑声……

7

5月30日下午，结束旅程返国。JL877航机于日本16：30时升空。

飞机沿日本海岸线朝西南方向飞行。

我坐在右侧 52K 沿窗座位，一边享受日本航班优质服务，一边欣赏起机窗下的航拍图。飞机并不高，晴空下蓝色海洋、白色海岸线、苍绿山林、黄白色居住地清晰可见。

我一直在鸟瞰日本大地。猛然间，在我视线中又出现了美丽的富士山。这是未料到的，我惊奇的发声引得前后沿窗之人也跟着观看。

富士山堆着白雪的山头在阳光下特耀眼，中间那个圆形的火山口像只巨大的盆子向天敞着，山坡上的积雪间似有一条条深色条纹在向下延伸，它的左后边有一团静止的白云在陪伴…… 啊，美极了！几分钟内，我始终紧盯着，先是右眼，接着换左眼，直到大片的山林把眼底的富士山推开。

这是我此次赴日中所见的最后一眼富士山。我不禁心中念叨：再见了，美丽的富士山。

于 2014 年 6 月

旅行日本二题

1. 一路追随富士山

那日上午，向富士山进发，全团 12 人大都有点激奋。

车上，那位日籍华人导游仍是一路介绍。旅游中巴行至依势湾渔港，路标显示还有 3 公里时，富士山头开始在路旁的绿树顶上隐现。当然，所见的富士山只是露了个头，随车辆不断拐弯，她那带点朦胧的山头不时在车左车右把人逗引。

在我们踏上平和公园白塔前的那片高地时，视野中的富士山显得要清晰一点。蔚蓝苍穹下，堆着积雪的富士山头突兀而起，那是够引人的。不过，白云不停缠绕，山头时隐时现，富士山仍像一位羞涩的美少女般不肯展露真颜。

富士山海拔 3776 米，她的知名度和现实美，使我们一车人的视线总是追她而去的。

山道弯弯，一路爬坡，中巴车与富士山在渐次拉近。道

旁长满树木，有层次地变换着树种。路途平静，左转右拐，车在林间穿行。

车过二合木，仍是爬行，不时在林间显露的富士山头一直高耸在车的上空。车行至三合木海拔标高2020米时，我见到有两位勇骑自行车登山的姑娘正在道旁歇息。

我们的车继续前行，见到四合木2045米标高牌时，许是进入了针叶林带，四周尽是高大树木，满眼苍苍翠翠的。

很快到了五合木，标高2300米。林间散着堆堆白雪，像是堆满了洁白盐堆。五合木在富士山北坡，设有旅店、餐馆、商场，上山的车辆都在那处聚集。那里的场地、台阶，是观赏和拍摄富士山的极佳处。

山头就在眼前展示，被山坡的葱绿托着，被周边的翠峰环绕。她的上半截身段盖着洁白的雪，顶部为活火山口，从下望去成了平台。这些洁白的积雪顺山坡现出了黑白相间的条状，大概那是融雪后形成的。

富士山是纯洁、大气的，直面这座神秘之山，让人觉得心情特爽。聚在五合木的人，都在静静地欣赏这眼前之美。西斜的阳光投来，加之蓝天白云相伴，山头益发晶莹剔透，就像是只神奇的银冠在闪闪发光。不过，还有遗憾，要能赶上樱花盛开季节，看到富士樱花图，我们定会更加痴迷的。

那里的气候明显的凉，可炽热的游兴能让人挺得住凉意的。人们都在对着那个银色山头照相，都是重复地照，都想把这富士山之美带走……

我的妻子也一直把目光投向那个银色山头，还不时流露出赞美声。照相间隙，她忍不住问我："为啥四周只有富士山头有积雪？快6月了，富士山上的积雪怎不融化？"

"该是与她所处的纬度和海拔有关吧！"我随口作答。其实我亦无底，只知道这富士山的纬度和海拔也算不得高。

我们一行在富士山前照了许多相，多次单独照，交错两人和几人照，还有几次全体合影的。在我们照相的时段里，天上白云很配合，它们几次飘近时，也没把富士山的美丽身躯挡住。

可是，在我们将要离开这片观赏地时，西边的云头却不断涌来。天色骤变，富士山变得仅露出个尖；很快地，她被云雾全部挡住。

　　此时，又上来几辆大巴车。下车的人看到惦着的富士山已被云挡着，谁不带上一脸惋惜？不过，我们的导游说，这就要看他们的运气，不久，说不定富士山还会云开气散重露出来。

　　富士山景区十分干净，有"富士山不设垃圾箱 请您自己将垃圾带走"标语牌挂在护栏上。团内几位烟民偷偷地站到路边抽烟，眼明的导游很快就拿出一只瓶子，等着把烟蒂一个个装去。

　　下山的路，中巴车是沿山道淌下去的。车子平稳，一路寂静，听得见小鸟啾啁。

　　至山下，去了一个叫忍野八海的地方。那是个日式村落，有山泉、鱼池，设有工艺品市场。让人大感兴趣的是那个山村有着富士山景衬托，抬头望去在绿树和房顶上悬着的富士山头仍是那么的神奇、秀丽。

　　这晚入住静冈县裾野市佐野店。晚餐后，我们几人泡了人造温泉浴。

　　清晨，拉开窗帘让我再次振奋，富士山又在窗外出现。此时天高云淡，天际间的富士山头依旧显得清秀。马路对面的村落人家正依着远处山岭的蒙蒙黛色静静罗列……

　　我重新对着这幅富士山居图，细细欣赏，连连照相。

2. 难以捉摸大东京

初次进东京，让人难捉摸。

到东京，我们先去领略日本皇居——江户城。江户城由明治维新开城，位东京中心丸之内区域，由天皇从京都移居那处而成皇居。现今的皇居是 1968 年依据原貌重建的，四周有块石叠起的城墙，墙外环着护城河（日本称之为濠），当今天皇仍居于里边。

皇居有着多个大门，它的外围可常年参观。我们到了日本标志景观、游客必到地的正门外眼镜桥和二重桥近处。我看到皇居内郁郁苍苍，绿树间显露的宫宇合着坚实的城墙，在清澈的护城河上留下了悠荡的倒影。眼镜桥是座石桥，里边门口有士兵把守，桥坡立栅栏。

在那里照了一些相后，我们走入一侧的宽阔广场。那里绿地如茵，配有城市雕塑，所植青松翠柏修剪得十分漂亮。

经短暂逗留，让人感觉那地的氛围是肃穆、壮观的。皇居之规模虽比不得北京故宫样宏伟、大气，但也是带有日本历史的苍古和深厚的……

接着去逛银座商业街，我们 7 人从八丁目走到了一丁目。银座是日本最繁华商圈，两面是高大建筑，布满的百货公司和各类商店专营高档商品。

银座四丁目十字路口极热闹，有标志性钟塔，是老字号公司和名店林立处，那里人气很旺。

每周末银座改成步行街，听说是世界三大繁华中心之一，然它的整条街道光光地暴于太阳下，没有荫蔽，街边也未见有歇息处，商业氛围是比不上上海南京路的。

不过，第二天据同团的日企女白领曾女士说，那晚上她去银座，那时人流如潮，霓虹灯变幻多端，是很迷人的……

这天上午，我们先去东京都内最古老的寺院浅草观音寺。7人从挂着巨大灯笼的"雷门"一进入，雄伟的寺殿就呈现眼前。殿内挂满旗幡，不见佛像，但参拜者很多。庭内有座玲珑的5层方塔立在大殿右前方，它保持着完整的中国唐代风格……

接着导游限时15分钟让我们参观明治神宫。7人经树木葱茏的鸟林，踏向细石堆铺的路面，穿过几个木牌坊后，神宫大殿矗立在前。大殿庄严、肃穆，里边空空如也，一批批的日本人都到那里朝拜他们的明治天皇和昭宪皇太后……

领略新宿"歌舞伎町一番街"，我们亦被限时15分钟。那里号称亚洲最大红灯区，是条介于路和巷之间的街，两旁招牌林林总总的。我们是全团人一起进这个区域的，有点好奇，没有不安，游程匆匆，走过、路过，仅作一停。这"一番街"白天安静，晚上不夜城，是灯红酒绿之风月场所……

　　乘上高速电梯，我们很快就升入东京都厅 45 楼的展望室。这是座双子楼，东京标志建筑，进展望室是为鸟瞰全城。北部的窗外展现出西新宿高层大厦群楼，巍巍然矗立，也是这座世界名城的现代标尺。南部的窗外展现的是这座庞大都市的老城区，房屋低旧、道路狭弯。对着眼下这大片不协调景观，H 君不禁发出感慨："这跟日本的制度有关，看来东京方面拆迁安置阻力大啊！"随着他的议论，我重对窗外扫视，新旧稠密，视野难及，这大东京确是难以捉摸的……

　　当天又去台场，是东京湾边巨大的休闲娱乐区。中巴车一驶上跨海的彩虹桥，现代新东京就出现在眼前。许多地方是填海而成的陆地，立着高大的新建筑。我们在对向海湾的一家餐厅平台用自助餐时，边吃边赏景，好舒服。眼前是美丽的东京湾一角，宽广、气派，斜拉式的桥梁弯弯地展示着优美身姿，隔海湾有几十幢高楼比肩站着，远处水面巨轮进出，近处内湾游艇穿梭。我们中有人说，这景象如同上海浦东外滩，但我比较后认为还没陆家嘴金融角那样的气势。

接着我们7人逛台场购物城，亦乘上长长的高电梯误入了日本科学未来馆。我们未去成台场海滨公园，而上海的仇君在一家3口去了那里后说，他到过许多国家的海滩，那里的水出奇的净，净得2米之内能看清鱼儿游，看到水母动。后来，这话在我们心中形成了遗憾。

于2014年6月上旬

新、马、泰花絮

1

在新加坡观光时间有限，给我印象较深的是滨海湾和白树。

滨海湾是这个城市国家最现代的地方。那座乳白色的鱼尾狮像精气盎然地蹲坐着，背后是摩天大楼，前面为清纯海湾。

海湾宽阔，三面聚合，听说那地方是特请风水先生选中的。高楼群里设有113家世界各地银行和1300多家证券交易机构。寓意是明确的，新加坡经济发展，要的是背靠和吸纳，就似这鱼尾狮像一样，面对大海，吐出水花小钱，吸纳滚滚财源。

顺着碧波漾漾的水面望去，对面左侧是榴梿状的会展馆和仿佛张开手指吸财的高楼，右侧坐落着五星级的拉斯维加

斯大酒店……

　　滨海湾岸头被绿树、鲜花铺满，男男女女于观赏桥和平台上游动。鱼尾狮前，人们都在伸手对着那股清清的喷水摄下吸财照片。

　　狮嘴里的水飞溅着洒开，被阳光照亮的水滴抛往空间、飞向人脸……

　　新加坡被绿荫遮着，睁眼花草，处处树木。其间，我印象极深的是白树（也叫雨树）。

　　白树在新加坡随处可见，为新加坡国树。她们于路旁、公园里艺术地铺开，似一把把绿伞撑着，高大、茂密地遮满行道、盖住空地，甚至把低矮房、高架道也拉入她们的庇护。白树也怪，她们在夜晚或阴湿天气时叶子会闭合、下垂，天晴太阳出来，裹在叶片里的清水又会像雨水一样飘洒下来。

白树树皮部分呈白色，树身造型优美，在地处热带、常年湿润的那地方长得总是清清秀秀的。

白树能制成白树油为人类服务。擦涂白树油，对减缓伤风鼻塞、肌肉疼痛、皮肤瘙痒有效……

坐上旅游巴士离开新加坡时，我是一直在欣赏路旁那些婀娜多姿白树的……

2

下午，过新关进入马来西亚南部新山时，正遇滂沱大雨。

旅游巴士停在走廊边，那位高大、憨厚的印度族司机独自站立雨中为我们接受行李。

坐进这辆装饰印度花样的巴士后，我们的车冒雨在高速公路上行进。路两旁是原始热带雨林，一片片的棕榈、柚木、橡胶树长得都是生机勃勃的。

随车的导游姓朱，是移居马来西亚的第四代华人。这个长得挺帅的热情小伙一路上把大家逗得睡意全无。

他介绍马国概况和民族特色后，又反复教大家学习几句常用马来西亚语。比照不同民族的语音也是有趣的，光是马语谢谢念成"带你妈看戏",吃饭要说"马肯拉屎",就已使满车人笑声不绝……

还有当大家知道马语"喀嚓"是帅哥的意思后,这一车人就全称朱导游为朱"喀嚓"了。

傍晚前,旅游巴士驶入服务区,朱"喀嚓"宣布休息30分钟。服务区设在山岗上,树木成林,空气清新,加上正是夕阳开始装扮大地的时候,四周被蒙上了一层橘红的光晕,让人感觉十分美好。

我是乐于观景的。此时,无数依着周边树木绕飞的小鸟引起了我的极大兴趣。小鸟似浮云飘动,黑压压地罩住了一片树冠,其量之多恐怕要以万计数,无疑是我一下子看到的最多野生鸟。这些小鸟在不停穿飞,显得异常灵活,那一片叽叽喳喳的噪叫几乎盖住了服务区内的说话声。

这奇妙景象是罕见的,让我惊讶得心生疑团。

于是,我询问朱"喀嚓"。朱"喀嚓"告之:那里边有两种鸟,叫声不停的是八哥,没有声响的是金丝燕。金丝燕视力敏锐,只要有虫子飞过,一般不易从它们口中逃脱。当地处海滨,这种燕居住在海边崖岩上,归属金丝燕中的海燕。这个傍晚,雨刚下过,这么多的海燕挤在一起是来吃飞虫的。

3

马六甲是州府所在，曾是马六甲王国都城，那里一些史迹为国人熟知。

我们的车绕郑和三宝庙、华人坟山以及抗日殉难志士纪念碑缓慢地兜了个圈。这一圈，众心沉重，都是怀着对故土旧人缅怀之情的。

马六甲古城是另一番景象，那里的游览区古朴而美丽。体现殖民印痕的葡萄牙古城堡、荷兰总督府及女皇纪念碑、法式天主教堂，还有一些英国旧建筑都保存着。

直面这些涂成了绛色的几百年前老建筑，踏着地面暗红色石地砖，再看一艘仿制的木战船，我仿佛投入了这个东南亚国度的历史长河中。

依车行方向，我走上一座桥。得知在桥下清澈流动的便是马六甲河，我顿时饶有兴趣起来。桥对面是条早先的街道，桥塊右侧有个朵云轩艺术分馆，海报上说正为我认识的苏州书法家钱玉清举办个人作品展，我为时间所限不能进入捧场而遗憾。

沿马六甲河岸行，想到那是郑和七下西洋五次停留地，当年船队停泊卸货处，怎不亢奋？踩着这与中国结下不解缘、促使中国文化传扬的源头地，我的脚下有了沉重感……

马来民族文化村实是散落路边的一个大家庭。

留小胡子、戴花边黑船帽的老村长在树木、花草拥围的房屋前迎接我们。他嘴里重复说着几个表示客套的汉语单词，指向长桌上盛着东革水的小杯示意大家品尝。尝过苦味的东革水后，大家就在村里兜圈，辨认树种、花名，笑看几颗榴梿挂于枝头引人。

老村长是个70多岁的矮小老头，有3个老婆（当地法律允许可娶4个老婆），有14个子女、29个孙儿女。

我们赤脚进入老村长大老婆的住屋时，这老头又在迎候了。屋内干净、艳丽，体现出马来民族风格。墙上挂出老村长的荣誉证书，贴着全家几十张照片。其中老村长与马哈蒂尔总理的两张合影，还有那张几十个人摄在一起的全家福最是引人注目。墙边摆着许多铜器，都是我从没见过的。

许多人邀老村长合影。我也邀他，他就拿出一顶黑色船形帽给我戴上后，竖起大拇指，念着汉语单词，眯笑着与我合了影。

一行人再上小楼参观卧室，我还坐到伊斯兰风格的屋台上照了相。

4

太子城是吉隆坡新城区，称作花园城，极美丽。马来西亚国家推行开放政策后建成的这个城是全新的，山地、水面得到合理利用。

我们到了一处高地上。高地两边是开矿的弃潭改成的布城湖，几座大桥把分布的宾馆、银行以及不少高层住楼连了起来。高地上的建筑均临水而建，粼粼的波光泛在墙上颤动。圆顶的总理府是绿色建筑，高大的水上清真寺外表呈粉红色，其余的一些用房也都配色和谐……居高四望，碧水、绿树、艳花交织，让人处在惬意中。

在总理府前照相后，我们去水上清真寺参观。这座马来西亚国家清真寺规模很大，男子可以赤脚入，女子必须包头才能进。我们按规踏上厅内地毯，于寂静中观看伊斯兰风格装饰，观看在空间展开的巨大穹顶。

架在清澈湖水上的斜拉桥叫宏远桥，其造型含意乘风扬帆。北面大道两边鳞次栉比的高楼是两条龙身，东侧龙头是总理府，西侧的龙头为财政部。朱"喀嚓"说，马国风水先生寓意双龙腾飞，马来西亚会一帆风顺……

下旅游巴士，我们走过马国高等法院所在的那幢欧式老建筑便到了独立广场。

　　广场庄严、宽广，中间竖立着 100 米高的马来西亚国旗，旁边围绕着 13 面地方州旗，北头的墙上挂着包括马哈蒂尔在内的好几任总理像。周边许多整修后的殖民统治时期的建筑，已为国家文化和艺术部以及国立历史博物馆、纪念图书馆等使用，一些空缺处则矗立起了多幢现代高层建筑。

　　我在那片步行区里信步、照相，显得悠然、舒坦。透过眼前绿草如茵的地坪，望着历史建筑金顶下转动的塔钟和那面飘在世界最高旗杆上的国旗，我觉得这处马国宣布独立并每年庆祝国庆的地方，应是神圣的！

5

呈阿拉伯风格的马来西亚皇宫显得华丽、气派。皇宫筑于山丘，宫墙主入口配两扇黑色铁门，门上镶以金黄装饰。

透过铁门空隙，我往里望去。院内种大片花草，边沿立几排清秀棕榈。在花草、绿荫后，这座国家皇宫的几个巨大圆形金顶在不时闪光，红白条的马来西亚国旗正伴着象征皇权的黄色旗子飘摇。

皇宫很美，但平时不开放，我们只是在门外欣赏、拍照。见有人与宫门哨兵合影，我也跟进。哨兵在岗亭内，穿白色制服，配金黄肩章、领章，腰围绿色纱笼，正手持长枪纹丝不动地站着。

我与妻一右一左站到哨兵旁，旅友帮我按动快门照相。照相毕，我于哨兵耳畔轻念"china"，听到他"嗯"声响出，我俩随即离开……

云顶娱乐城设在 1800 米海拔的山头上，由马来西亚首富，华人林国泰创办。

至娱乐城，四周群山环抱，已处云雾缭绕中。层层叠叠的高楼间竟然还拥有个小湖泊，让人惊叹！

室内外游乐场所目不暇接，影院、酒店、赌场等亦不断出现，云顶上休闲、娱乐项目包罗万象。

　　几人事先商定进赌场一搏。经朱"喀嚓"指点，人人默念："林国泰，我来讨债了，我来拿钱了！"密语念毕跨进赌门。

　　场内布满赌台，台边的蓝灯闪出诡谲之光。我们看懂了两种赌法，选一动手。先行一步的陈厂分两次出手，随着台铃响起，注下的两叠筹码先后被吃。而我只买他一半200元马币的筹码还捏于手中。随即，在邻桌输掉了陈厂两倍赌注的老吴也灰心地来到我们桌旁。

　　观战、揣摩后，我把有限的筹码分别投注。撸去、吃进，吃进、撸去，虽是挣扎了几分钟，但还是输得一码不留……

　　跨出赌门时，我们几人又都轻笑着念出："林国泰，付过钱了，我走了！"

　　事后又想，小输无妨，我本是来体验的，也好为日后的文学创作获点感受……

6

　　进泰国，我们先于车上学会了问候语"沙瓦地卡"。

　　该国经济状况比不上前面两国，马路等级差，路旁电杆、电线凌乱。

　　到那里，先去大皇宫。大皇宫还包括一座建在宫里的玉佛寺，那里汇集了泰国建筑、绘画、雕塑和装潢艺术的精粹。

　　宫墙内的空地上流动着中国游客。有别于中国风格的大

皇宫让人觉得新鲜，跟随导游穿行，大家有了一种走进童话世界的感觉。

宫里的房子多数是重檐的，色彩特鲜艳。细细长长的脊头轻盈翘着，仿佛在翩舞；金碧辉煌的佛塔刺向天空，恰似在抗争。

大佛寺里供奉着翡翠玉佛，那是泰国第一国宝。我们几人按规定赤脚进入，于席地而坐的朝拜者后面轻步走过……

拉玛皇朝大皇宫是宏伟的，各人对众多的殿、阁、楼、塔、亭进行走马观花般欣赏。对于许多壁画、铸像、装饰无法看懂，我想管它去，还是自顾操机照相……

这晚上，我们进暹罗梦幻剧场。听说这个剧场在泰国规模最大，是世界级的大舞台。进这剧场，是看由人妖领衔的泰国艺术和文化遗产表演。

泰国人妖令世人好奇，可以说是那个国家的第三种人，但这个剧场的人妖却完全是以艺术吸引人的。

所看的那场歌舞表演让人新奇。编舞家的精巧设计，把14幕歌舞表演在先进的科技舞台上完美地贯串了起来。

舞台上展现出了一幕幕泰国历史场景，郑和下西洋到达东南亚时的热烈欢腾是世界魔幻之旅一场中的景象，此外更多的还有欢快的泰国传统风情表演。

庞大的演出阵容配以华丽服饰、完美灯光，加上超级的道具、震撼的音响，让人耳目一新。舞台上的小河流动、真船划动情景，加上一道闪电、几声炸雷、大雨落下场面，真让人有了身临其境之感。

剧场内另有互动，一些人妖还走入观众席间演唱，有个胖胖的演员显得极为好笑。谢幕时，几头披红挂彩的大象也驮着演员踱步进场搞乐……

7

芭提雅是泰国的海滨度假地，现在的一个特区，是于越战时的美军基地上发展起来的。

到芭提雅，我们先看泰拳表演。

灰暗的场子里，居于中央的一方拳台上，先有男女几人集体表演。听得哨声响、音乐起，护栏中的选手立时对打起来。选手们个个争勇，头、手、脚并用，出手快、气势猛，许多次的扑地而倒、倒地有声，真使我们观拳者有点惊魂难平。

接着是男子单打。红、蓝双方互不相让，用拳、出肘，正蹲、扫腿，进、退、冲、闪，转眼间就斗得难分难解起来……

这些拳击者的一招一术，无不带着勇猛、顽强。这场精彩的表演，要比真打好看得多。

晚餐前，我们去了芭提雅南面的四方水上市场。

这是当地创立的商业与艺术结合的旅游场所，中国电影《杜拉拉升职记》的拍摄地。

这市场别开生面。一个不小的集市建于河边、水上，布满着泰式传统特色的小木屋、木桥梁、木走道。依水商铺正经营着各种各色的工艺品和小吃，泊于廊边的小舟里飘出了食品香，摇动的游船上悠晃着欢乐的来客。水廊九曲回肠，走道难有尽头。多数人喜欢店里逛、廊中歇，吃货客、摄影狂却是不怕奔忙……

临晚，集市上灯彩齐放。这纷呈色彩下的屋影、树影、桥影、船影，在流光溢彩的水面上晃荡……

虽是投入了个陌生地方，这亲民情调却让我愉悦。

晚餐在暹罗公主号船上进行。我坐到临近演台的位子，得以近距观看人妖表演。餐菜极多，我还要了啤酒和威士忌。

开始用餐，人妖就来表演。一个个妖媚之人扭腰来到眼前，有的还唱出动听的华语流行歌曲（未知是否假唱）。这些俏丽佳人，身穿低胸贴身晚装，炫耀着半露的乳房，明明是男人，却比女人还要女人。

不时有人去与人妖合影，有的男游客还把手伸到了那呼之欲出的双峰上。

边餐、边赏，眼见为实的人妖文化让我生出疑团……

8

踱起悠悠方步，30多头大象都披系着鹅黄的披风和头巾列队入场。大象训练有素，在驯兽员的指挥下进行表演。

大象投飞镖：鼻卷镖、挥靶心，有的全不中，亦有投3中3……

大象转呼啦圈、抖红飘带：大力士舞动鸡毛掸，象鼻上呼啦啦转、噗噗噗飘……

大象鼻脚并用掷保龄球、投篮球，用脚踢足球：泰然自若好镇定……

大象跨步过人，脚掌按摩：叫人心惊胆战……

象鼻卷人、抬人照相，以象鼻子收钱、向观众致意极有趣……

一件汗衫贴上画板，一篮颜料放于脚边，象鼻尖蘸着色，拍向汗衫作起了画。须臾，一幅画作完成，展示出的紫葡萄、绿色树，让人惊奇。此画即被一位白人女游客买去。

待最后的哨声响起，舞曲声中，场内所有的象又挥动大鼻、抖扭巨体集体谢幕，此时的大象蹲粗腿、踏节奏，真似一群天真活泼的孩子疯狂地跳起了迪斯科舞……

清迈小镇主干道上空倒挂着各种颜色的伞，它们似五彩缤纷的花儿在盛开。

我骑过牛、马、驴，又在沙漠里骑骆驼，进小镇坐大象是我期盼的。

带上树间漏光的大象靠到上下台，妻子一见慌了神。我就跨步坐进外侧位，拉她坐里旁。象背平又方，我俩坐上靠椅，顿时觉得很稳当。

驯象员脚踢象耳指挥大象上了那条环形道。大象踏着稳健的步子穿行在绿树、修竹间。众人嬉笑着，道见茅屋罗列、渠沟在旁，还有鸡、狗戏耍……

行进间，我俩猛然发现，所乘的是条大公象，伸着两支大白牙，特魁伟，特有力。

幽香缕缕中，大象肌腱抖动，我俩身体微晃，这欢愉将是长久心怀的……

泰国为佛国，金佛寺（黄金佛寺）是对外国游客重点开放的寺庙。

这所寺庙房屋有好几排，均为重檐屋顶、翘着细长屋脊的泰式建筑。屋内，有别于中国的佛像并不大。

寺中的四面佛很有名，是泰国的灵佛。金佛寺里的四面佛居殿中、脸四向，虽不算高大却是黄金塑身。进去朝拜的几乎全是中国游客。佛缘相联，我团多位老美眉也在焚香顶礼膜拜。

寺内路旁躺着不少温顺的狗，它们都是伸开腿脚不让人的。听说泰国民间流行把饿狗、病狗弄进寺庙放生……

于 2015 年 11 月

魅力欧罗巴

欧罗巴（Europa）是外来词，地缘学上指欧洲地区。2016年10月，余赴此地，串游大小8国，盘点11日行程，历历在目。

1

游巴黎，从古城区开始。在外观金顶的荣军院后，走上了亚历山大三世桥。

此桥是塞纳河上桥梁中最壮观的，以俄国沙皇尼古拉二世的父亲亚历山大三世名字命名，是当时的俄国作为亲善礼物捐赠法国的。

大桥造型显眼。两端四只桥头柱上，长着翅膀的小爱神托起的镀金骑士雕像以及构成的桥栏装饰图案，很能让人展开想象。

时光尚早，我们依栏照相时，碧波微漾的塞纳河上还是清荡荡的……

过桥北行，先是见到大、小皇宫布列左右。这两座建筑物及亚历山大三世桥都是当年巴黎万国博览会的产物……

再往北，就踏上著名的香榭丽舍大道。

向东走是香街东段700米长的林荫大道。接连排立的高大法桐，带状铺展的翠绿草坪，使这一段路成了闹中取静的清幽处。

在褐色方石铺就，呈马蹄状散开的香街路面上，车辆在静静地流动。这大道已有400年历史了，现在看来也算不得宽阔，可在当年就了不得了……

走着走着，忽见一方暖气散热处有只睡袋在晃动，边侧放着只盛满杂物的开口旧包。同行的张导说，那是个流浪者在睡着取暖。再往前走，又见有个流浪人遮着块旧毯子躺于草坪间，显然也是露宿的……

往前就到著名的协和广场。这片法国国王路易十五展示至高无上皇权的广场，在法国大革命时，却成了处决国王路易十六和皇后，处决上千名皇室成员及保皇派，和展示王权毁灭的舞台……

在这平展展的八角形广场上，我绕着矗立着的粉红色埃及方尖碑行走，观看分布四周的精美雕像，聆听着河神喷泉和海神喷泉发出的清越水声……

听完导游讲述，我又审视起了这片古朴、庄严的广场，回头望望连着的香榭丽舍大道和立于尽头的凯旋门，才知自己也真是走入了展示法国历史的那段路程。

皇家花园遗址上的杜乐丽公园，散落着水池、雕塑以及一些古旧老屋，铺上细石的地面上开着的几家露天咖啡店，一簇簇的桌、椅正在静静地等客……

不时见到爱好运动的巴黎男女在缓缓而跑……两个诡谲的黄发女人拿着纸笔接连拦人做调查问卷，可一不留神同团那个海南青年的手机就离了他的背包……

穿过小凯旋门，就到世界著名的卢浮宫。马蹄状路石的空地上，几个黑人大汉正举着相机自拍杆和埃菲尔铁塔模型来回兜售……

2

卢浮宫前，贝聿铭设计建造的玻璃金字塔使这座艺术大宫的展馆在地下串了起来，身临其中我顿时有了民族自豪感。

卢浮宫极大，分成 6 个馆，有大量的东、西方古董，安排 1.5 个小时参观是远不够的。

我们 4 人小团决定，采用流动方式，从寻找宫内的爱神维纳斯雕像、胜利女神像和达芬奇的蒙娜丽莎画 3 件传世之宝入手参观。

先找爱神维纳斯。在这座规模宏达的宫殿中，我们于一处处馆室、廊道、扶梯间穿越，仿佛入了迷宫。宫内介绍未见汉字，工作人员是法国人，前后相交的游人亦欧美人居多，我们只得顺着维纳斯图像下的箭头去找。

几回转悠，于一个游人涌动处，找到了那位爱神。

大理石雕塑维纳斯就陈列在这个特辟的展室中。这件雕塑出现在眼前时，我惊呆了：她仪态端庄、洁白无瑕，身材高挑、稍向后仰，俊美的脸庞上带着让人喜爱的微笑……

这尊半裸全身像带着无邪纯正，虽双臂残缺，但高超、细腻的雕工，把匀称和妩媚，把特有的曲线美，美好地展示了出来……我于拥

围的人群间不断穿动，把这座青春之美的女神雕像，顺着她的四方，足足细看了两个圈，照了无数张照片。

这尊从容之像，一直在透出爱和美的魅力，要不是同游者一再催促，我真的是想不到要离开的……

蒙娜丽莎画像本有印象，按图示很快就在绘画馆里找到。那里聚着的人，都在细细欣赏，轻轻交谈，频频照相。

她坐姿优雅，脸带神秘的微笑。从正面和两侧欣赏，我总被画像的目光盯着……那笑容也真不一般，是亲切、温柔、娇嗔，又是忧伤、嘲弄、讥讽……这蒙娜丽莎画像真神秘极了。

寻找胜利女神像是最花时间的，缘由我们对那件雕像不了解。融入流水般的涌动，我们4人楼上楼下寻觅……

见到两位工作人员站一旁，我就向一位华人长相的女孩用中文询问，可对方听得一头雾水。我又改说几个生硬英语单词问那个金发女郎，对方也是毫无反应。眼见比比画画也无用，我们4人只得嬉笑着离开……

虽没获得欣赏前两件珍宝似的享受，但那尊缺头少臂，长着一对翅膀的胜利女神雕像也像是看到过的，只是不识货未重视，成了遗憾……

3

中午，在夏乐宫近侧的水上餐厅用餐后，一团人踏上了塞纳河游船。那天多云天气，兴趣满满的东、西方游人交织在顶层蓝色座椅上。

塞纳河水不紧不慢地流动，河上游船穿梭。水是清澈的，阳光在水面上闪出了白花花的光带。

景致不断往后退去。两岸建筑是平顶的、斜顶的、圆顶的和城堡式的，还有许多伸出高高尖塔的哥特式建筑在前后相间。大都是宫殿、教堂、博物馆，还有议会大厦、大学校舍等，三五层高不等，立面以雕刻花纹形成漂亮图案，许多房屋显出了现代建筑雏形。

当游船在著名的巴黎圣母院旁经过时，好多人激动地站了起来。这经典建筑的造型，让人欢呼，引人照相……

塞纳河上桥梁极多，光这段游程就穿过了 15 座。这些桥梁有单孔、3 孔、5 孔和 7 孔的，有石建、砖砌以及钢构的。它们古今结合、形态各异，都融着河畔风光，抛投在这条巴黎母亲河上。

游船频频穿越桥洞。桥上人在不停地向下招手，船上人亦举手欢呼，高举相机对上照相。这桥上、桥下的联动，在过每一座桥时，都会热烈进行的。

不断有大小游船交会，一些船用玻璃罩封着，快速中只留下蓝色星圈欧盟旗和三色的法国旗在船尾猎猎飘动……

一路东行，看到许多人在岸头休闲，我照下了这些众生相：

独靠椅凳晒阳的，坐着闲聊的，对着游船凝视的……

于咖啡店旁太阳伞下休憩的……

对对情侣，坐条石凳上热聊的……

一条由老人牵着的爱犬蹲坐在石条上。老人在它的身后静静站立……

一群鸽子正于老人身旁悠闲啄食。老人则坐在石凳一头撒食，望着鸽群慎思……

船过河上的西岱岛和圣路易岛，不断有鸥鸟在岛旁水边低飞觅食。游船掉头，进岛侧桥洞折向西行。回程中，游船又载我们穿15座桥梁，再经过两岸排列的中世纪法式建筑。

船靠码头，刺向天空的埃菲尔铁塔已在左侧迎候。走上岸，我看到一大片灰白浮云正于它的半截身段处飘移……

4

上午参观凯旋门，大客车就停在它的北侧。当这座法国胜利之门，出现在眼前时，我霎时有了如愿以偿的感觉。

这座世上最大的拱门"霸道"地雄踞于路中，她正对东方，来往的车辆都要在南北两侧绕行的。

　　我赶紧走到她的东北方，对着她的雄体贪婪地欣赏起来。又单人照、合着照，站着照、蹲下照地照个不停，只是有人、车插入难满意。等到车流变稀，我赶紧避开众人，走到车道边侧，LG配合，让我得到了那张坦立凯旋门前的完美照……

　　凯旋门的东头，3公里长的香榭丽舍大道连接着协和广场。早知香街两旁有着许多品牌商店，但当地盛行夜生活，此刻店家尚未开门，于是就在石板人行道上走了一段。路面光滑，东面射来的阳光使来往行人投下了长长的影子……

　　见到有人在凯旋门拱门中走动，于是，合上相机，越过有着人行道标志的马蹄状路面，兜到南面。可南侧也没见进去的路，只见褐色路石在自顾发亮。忽见一对西方游人趁着车隙，穿过路面进了那个南侧小拱门……接着是我们在戴高乐广场上也作了一次违规穿越。

进小拱门，就到这座白色大理石建筑下。此时觉得，凯旋门更加雄伟，她的东西两个大拱门、南北两个小拱门撑于高空，穹顶、拱券以及四周都是石刻浮雕。面东拱门口，铺地石板间，有一火炬在燃烧，飘动火苗边献放着一束束鲜花，缎带上印有的文字是法文，想来是在悼念为反法兰西战争胜利而牺牲的勇士吧……

随后，于面北拱门侧，见到了地下通道。4 人喜出望外，顺道而出，旅游车就在近旁……

参观凡尔赛宫的人真多，几条肤色不同的长队难望到头，有荷枪的士兵在执勤……

凡尔赛宫是法国文治、武功最强盛时期的路易十四皇帝用数万人奢华建成，曾是 3 位路易皇帝居住处。

宫殿庞大，我们依此参观的王室礼拜堂、维纳斯厅、镜厅、皇后寝室等，都为富丽堂皇的巴洛克风格。位于西翼的镜厅，当时是举行国家重要会议之处，第一次世界大战之后的凡尔赛合约也是在那里签订的。

我们在宫内走着，边听翻译机中的汉语介绍，边看琳琅满目的宫中之物。西方廷室与中国宫阙的迥异，还有宫中首先使用分餐制刀叉、女子高跟舞鞋产生于此的介绍，让我深感兴趣……

5

两天后，即坐车于另几个国家间串游。大巴司机是高个子匈牙利人，路况熟，技术一流，加上欧盟内不设卡，第3天晚上就到法兰克福。

那是德国金融之都，上百万人口，是铁路交通枢纽，有着欧洲第3大机场。

次日，先到罗马贝格广场。新老市政厅呈T状排列，老市政厅为保尔教堂，曾用作皇帝加冕的这座教堂本是政治象征的符号。在这座著名的建筑里，几年前中国的莫言获得诺贝尔文学奖时还作过演讲…

呈马蹄形铺设的路石广场中，一尊正义天使塑像挺立在花坛间。这位公平女神左手高拎公平秤，右手紧操出鞘剑，直面保尔教堂而立，所透出的大义凛然姿态是可以让人体会得到含义的……

一排四五层高的欧式商楼站于广场另一边，窗户、墙壁赭白相间，清秀、亮丽。这街头小景，似曾相识，该是我从照片，抑或荧屏上见过……

往前去，又进一座宏大教堂。再见宽广的礼堂，缤纷的窗户，排列成行的礼拜凳，还有那些难以弄懂的宗教人物雕像……不过，这座教堂倒是"二战"时存下的中世纪建筑。出教堂，一位胡子拉碴的德国老人正挨着向人讨钱……

跟导游转几条弄堂后，到了德国伟大作家歌德故居前。虽只外观这座灰色旧屋，但凭这位世界文学领域出类拔萃的人物还是很吸引人的……

法兰克福的街道不宽，行人可随意穿越。不时见到有轨电车在街心驶动，人、车互不干扰。听说这些电车停靠都是很准时的……

车沿莱茵河支流美茵河边行，但见河水清清，花草、绿树相间。张导说法兰克福环境优美，德国中央银行、欧盟银行总部都设在这里，当地每年都要举办各种博览会。稍停后，他又指着河旁一幢20来层的楼屋说，德国人讲实惠，这幢楼也算是欧洲排得上前列的高楼了……

大巴车向南直奔瑞士。那晚上，一车人到了3.7万人口的蕞尔小国列支敦士登的瓦杜茨小镇。

四周静悄悄。大巴于空荡荡的停车场一停下，就见到一欧元一次的收费厕所诡异地蹲在一旁……

我在简便的行政楼走廊里随意走动，看到山间那座不大的古城堡在泛光灯下闪出幽蓝之光……

走入了一家似是父女开设的店铺。这店主要出售工艺品和邮票，但这个欧洲小镇店铺里，真没什么可吸引人的……

6

乘坐高山缆车登上雪郎峰，是在瑞士体验雪岭雄风的自费项目。我与同行 LG、WE、XF，及同团一家 3 人未上。

我们 4 人在阿尔卑斯山余脉山间徜徉。涧水湍流，声音清脆、飘扬……顺着溪流，过木桥，踏草地，走树间，空气新鲜让人心怡……

左前方是油绿绿的牧场。站于草场边的树旁，我们欣赏：崖壁衬托下的一片绿毯之中，嵌入的几处红绿牧房，越发鲜明可爱……

一位牧人摇响铃铛在前面领头，数十头牧牛沿道边依次跟着。条条牧牛踱步稳当，此等整齐划一，叫人大开眼界……

4 人去高山缆车站观赏。发现此项目 45 欧元票价，与张导反复动员着收的 135 欧元团队价格有着更大的相差……

中午到达因特拉肯，那是个让我感觉挺好的阿尔卑斯山下历史小镇。

我们住在山边木屋小楼上。我与 LG 在阳台小憩。放眼看去，坡地尽被花草绿树覆盖，一座座欧式小木楼散落其间。远处峰峦迭起，近有沟河溪流，更有白云在蓝天游动。

　　4 人走出小楼，沿村镇小道举步。民居小楼疏朗有致，各家的屋边都有着美丽的花儿点缀……

　　稀行的车辆不鸣笛，周边静悄悄。见到一座小楼上有面红十字旗飘动，WE 说该是个医务室。4 人又发现前面绝大多数小楼前都有红十字旗子飘动，方悟出那些原是瑞士共和国的国旗。

　　1 个多小时后，再到瑞士精致小城琉森。

　　市区观光后，拜访冰川化石上的被称为最哀伤最优美的狮子雕像……靠向天鹅湖边散步是惬意的，碧水汪汪呈眼前，微波荡漾中映出了周边楼屋的色彩。

又见三三两两的黑白天鹅在游弋……

长长的卡佩尔廊桥横在边侧河面上，木制桥身的两侧那些五颜六色的花朵在摇曳。走一步，望又望，这座有过六百年历史穿越的教堂桥值得领略……

湖的对面不远处，可见群山错落。阳光照在留有积雪的峰顶上，清新、妖娆……

7

在欧洲文艺复兴发源地，意大利的佛罗伦萨，参观露天博物馆。

800多年前的老皇宫已改为市政府大楼，市政广场亦叫英主广场。周边的建筑古老而美丽，其中不少是尖顶的哥特式风格。导游说眼前这实景并非克隆，300年～500年前佛罗伦萨就是这个格局。我想，能这样原汁原味地体验真好。

许多雕塑就分布在广场周边，这些白色大理石雕品是极有看点的。希腊神话中大名鼎鼎的海神波塞冬，这个胖老头在那里已站了500多年；以黄金身材著称于世的大卫雕像虽说是复制品，但在广场边上也存放一百多年了；还有其他一些美丽的大理石雕像。此外，站着的不少青铜雕塑还是世界上著名的双面雕品……

穿过几条幽深街巷，我们在一座破旧的砖石小楼前停了下来。导游说这就是欧洲文艺复兴运动的先驱者但丁留在佛罗伦萨的故居。

小楼墙面凹凸，显得斑斑驳驳，从窗户看有3层的样子。石砌的外墙上挂着一尊但丁凝神沉思的半身塑像。

但丁长期流放，至死未能返回家乡，但他不屈不挠、坚持主见的作为令人钦佩。他完成的长诗《神曲》，是部中世纪文学的巅峰之作，吹响了欧洲文艺复兴运动的号角。

世界文学巨匠的小楼前不断聚拢着参观的游人，至今尚能为家乡的旅游事业做出贡献，这是此位名留千古的伟人生前不会想到的。

就在带我们离开故居前，导游突然蹲下身子，对着地上的一块铺石倒下一点清水后说，请各位再来看看这个像不像但丁！

大家应声而看，于这块沾湿路石上分明显出了一个清晰的侧身头像来。对照壁上的半身塑像，大家都说这个长着高鼻子、清瘦脸的头像极像但丁。

其实这个头像是一位艺术家特意刻在这处故居门前的路石上的。那是为了好让所有的低头观看者，对着这位千古名流深深地鞠上一个躬的……

8

大巴载我们绕共和国广场和希腊路兜过圈后，就驶到罗马斗兽场。

这斗兽场是个巨大的椭圆形建筑，意大利语意为"庞然大物"。看到这座经历近两千年历史还屹立着的建筑，占地2万平方米，长距188米，短距156米，高57米，分为上下5个看台，场内可同时容纳5.5万人，并能在短短10分钟内退场的介绍后，我兴奋了……

我沿着古竞技场的外围兜游，虽未能踏上那高低分层的看台以及曾经渗透血腥的那片沙地，看到的只是拱券相连的

大半个骨架，布满残洞的石体，也会让人为它的气势惊叹，被那时的人、兽流血打斗战栗。

来来往往的脚步在不断迈动，君斯坦丁凯旋门下人头攒动，那里每天总有成千上万的游人被吸引……

罗马城中的梵蒂冈，我也是很想去看看的。这个 0.44 平方公里，人口不满千的世界最小国家，人均经济收入居然列在世界前列。

这个天主教教皇国，教皇是国家的领袖，也是全世界 10 亿多天主教徒的精神领袖。这弹丸小国在世界上有许多邦交国，它的教堂是世界上最大的，欧洲许多国家的国王都要到那里加冕。

站在不高的铁栅栏前望去，圣彼得广场的 3 面建筑一目了然。正中那座单独大圆顶建筑就是当今世界最大的教堂，前面直立着一根高高的神柱，两侧拱卫着有长长围廊的建筑，围廊上的柱子听说分别为 284 根圆的和 88 根方的。

大教堂边侧簇拥着世界各地的游人。一队队穿上黑色长衣的修女沿着专用通道行进……

想进大教堂的人排成了长龙，严格的安检更使队伍缓慢移动。我也挤在白色人种间焦虑等待，眼看规定的停留时间将近，本想试试的我，只得中途而退。

抬头看到天空乌铅铅的，未能进入的这座教堂似又对我多了点神秘……

9

去威尼斯，天公不作美。

小渡轮于茫茫雨雾中行进，我们仅能透过淌水的玻璃望看岸边迷糊的建筑……

登码头，雨仍在下，海水在漫向威尼斯的街头。走道上流淌着成片的水，这些原本不可少有的景观资源，此刻已经多余。

随着各色雨伞、雨衣流动，我们走过包括酒桥、草桥、叹息桥等4座桥梁。那座叹息桥是连着原法院和监狱的，就似我们这里的廊桥一样架于水巷上，不过它是全封闭的。对于那些囚犯经过此桥时发出叹息之声一事，我是早见过文字介绍了。

秋雨在路面铺上了厚厚的水，街道间已搁起接连延伸的木板。世界各地的游人在踏着木板条前行，那是通向威尼斯广场的。

这广场是威尼斯最热闹处，已成为浅水塘。有勇敢者正以双脚直接蹚水行进。

广场中心的圣马克大教堂，那金碧辉煌的大圆顶，与它的门面以及两边各式楼屋拱门都是极为融合相称的。偏站一

边的岛上最高建筑海关钟楼，还有那座威严的总督府，都是可以让人感受到那个时代建筑风格的……

穿过几段开满店铺的小街，于一座小桥处领略迷离的水巷，此时观看啦，照相吧，仍在雨茫中……

原本我们4人是要坐"贡多拉"，听唱船曲的。如今着实扫兴……

拖着潮湿双脚对向意大利国父骑马铜像走回程时，那些依着木栈桥排着的"贡多拉"把我引了过去。我走向岸边，饶有兴味地观赏起了那排整齐、灵动的凤尾船来。它像似家乡昔日的鱼鹰船，身段狭长，晃晃荡荡，不过它的船头、船尾都是高高地尖翘的……

阿尔卑斯山脉来的雪水与亚得里亚海的咸水一直于那里交融，清澈澈、碧澄澄。

水面将要漫上陆地。波浪跳个不停，那些都被深蓝色雨篷遮着的"贡多拉"只能颠荡着把人逗引……对着眼前的遗憾，我冒雨又摄下了一段视频。

水天相接，一片茫茫，这海中之城一直在绿波里荡漾。在我再登小渡轮离开威尼斯时，雨仍在纷纷扬扬地下……

10

清晨，奥地利小城因斯布鲁克少见行人。

街两边都是带着古典风格的4层～5层楼屋，干净的街路间，两条沾湿的有轨电车轨道在晨光下闪亮。于两街相交的十字路口，我从3方都能望到留在阿尔卑斯山余脉山头的积雪，距离并不远，银光闪闪的。

9时整，教堂的钟声清脆地回荡在小城上空。渐渐地，看得见沿街的咖啡室内坐进了人。人们在悠闲地边喝咖啡，边用早餐……

有轨电车在街路中间悠然开动。电车一过，行人可以在中间随意穿越。有个流浪汉坐在街边地上，身前放只收钱杯子，膝盖上遮着御寒物，两眼呆呆地注视行人……

我直往东走到了第二个十字路口，见到偏向一边让出的部分道路处立着一座古牌坊。我走近细看，发现这座块石砌成的坊柱及坊顶的石雕上有着许多创伤小孔，有些石料可见是增补的……

回程走，我见到更多的流浪汉，眼神都是呆呆的，不过有的人已把一双脚伸直到了人行道上。在这段不满两百米的行道旁，我初算要有 6 个乞讨者，都为白色和棕色人种，其中还有 1 个是女的……

9 点半后，街两边走动着一批批的中国游客，在观赏、照相，穿店购物。见到奥地利的巧克力纯正、便宜，我也买了两大盒，沉沉地拎着……

我们的车向慕尼黑进发。大巴车一直在高速路上行进，白云在蓝天飘动，两边不远处是青山。看到奥地利的牧场绿荫如毯，黑白的奶牛和肉用的黄牛散于青青牧草间。草场是属各家的，都以绳带圈着轮流放牧。有时草场间会传出阵阵不同的铃铛响声，这些有别的铃声能够指挥各家的牧牛自行回家。奥地利畜牧业发达，也有人家停着房车在牧场放牧的……

牧场上还长有一些树，从车上望去一片恬静。张导说，一个月后，这里将换上一片灰黄，成为另一番景象……

11

慕尼黑是德国第三大城市，机械制造、化工、医药工业发达。宝马、奔驰、桑塔纳等品牌名车以及西门子电器都是那里研发的，当年希特勒纳塞总部也设在那里。

我们先看慕尼黑老城区。走过一座古老门楼，就进入步行街区。

步行街区行人多，大都为西方人。两边是4层~5层高的楼屋，铺面排列着吃食、医药和电器用品商店。街边一排遮阳伞下，挨着一只只条桌，西方的男人女人正在边喝红酒、咖啡，边行交谈。

古老的马丽恩教堂矗立在街端，十几间门面的4层石砌墙体上分布着众多精美雕刻。这座哥特式建筑主塔楼有十几层高，长长的塔尖伸入高空，阳光照着，近看、远观，显得都很壮观……

在这条异国的商业街上，与我前后相交的大都是西方白人。我边走、边赏，摄下了一些街头境况。

搭于马丽恩广场间的街头舞台上，10余个德国男女青年正在劲歌狂舞。现代舞的迅猛节律、无法听懂的德语歌声，合着电子琴、电吉他的伴奏声，使这段人头济济的街区有了一点躁动。

都说"德国制造"是质量的保证，同团有人正在热衷购买小电器、医药及炊具产品……

接着去宝马世界总部。宝马世界总部外观的设计充满超现代感，外形恰似旋转的玻璃塔楼，它的双圆锥结构和波浪形屋顶诠释了 BMW 品牌的飞机螺旋桨形象。我们走入了百余米长的车展区，各色的宝马系列汽车一辆辆停着，这些鲜亮亮的精致产品，让人看得眼花缭乱，开了眼界……

出宝马总部，大巴继续往东北方向行驶。7 小时后，抵达捷克的布拉格。

老城区无缘进入，一车人只能在伏尔塔瓦河畔伸颈远望。

老城静静的。那里曾是罗马帝国的都城，也被希特勒的铁蹄征服过，还发生过"布拉格之春"……望着那里连片连片的红屋顶，我脑中生出了神秘感……

进布拉格机场，我行李少，又主动地倒掉杯中茶水，那个捷克安检员对我翘起了大拇指……接着是候机、登机，享受直往上海的 10 小时 30 分钟的飞行滋味……

不过，那个魅力欧罗巴，已经镶在了我的记忆里。

俄罗斯双城记

1

在莫斯科一家酒店经一夜休息，旅途劳顿有了明显改善。

第二天，先去谢尔盖耶夫镇。国人称谢镇，实为称呼方便而叫出。它位莫斯科市区东北71公里处，是有名的金环小镇。

大巴车上坐着小个子中文女导游小杨。她是东北人，在俄罗斯留学后，留下做导游的。

9时出发，微胖的俄国司机把车开得稳稳的。随小杨沿途介绍，穿城的大巴车上，让人正好一路观景。

没有摩天楼，未见玻璃幕墙，房屋大都用窗框的……路过科技大学，路过楼前有戴高乐塑像的俄法合资宾馆，路过由老电影制片厂改成的博物馆，望得见有高高尖顶的外交部大楼……见到了俄罗斯宇航之父和列宁塑像，这列宁塑像据说全莫斯科只剩下 3 座了……车堵于桥埭，看到了那条碧水流淌的莫斯科河……

道路宽，绿化带阔，草坪、树木黄绿交错。行人步履匆匆，年轻的苗条，中老年臃肿……没见立交桥，都设红绿灯，大巴车走走停停，两个多小时才到谢镇。

谢镇三圣大修道院建在小山岗上，围着高石墙，像城堡似的。

圆形门洞内宗教壁画神圣而神秘。偌大的院子内，有三圣教堂、杜霍夫教堂、圣母升天教堂、礼拜堂、斋堂、沙皇行宫、钟楼和慈善医院等建筑。这是俄罗斯最著名的大修道院之一，设有神学院，为俄东正教信徒首选的朝圣地。

院内的各类建筑造型优美。处于中心位置的圣母安息大教堂色彩艳丽，5 个洋葱头似的穹顶中间 1 个金色，周边 4 个蓝色。杜霍夫斯基教堂设有钟楼，还有观景台。大礼拜堂和沙皇行宫听说为巴洛克风格，墙面都布满各色花纹和幻想浮雕。

导游带我们进了圣母安息大教堂。这教堂面积极大，墙壁、柱子和拱顶都绘有宗教壁画。大厅内烛光闪烁，在隆重、静穆的气氛中，一群教徒正在举行仪式。

圣三一教堂穹顶和四壁画着的圣像讲述着圣经里的故事。这座教堂内有修道院创建人圣谢尔盖的陵墓，还有著名画家鲁勃廖夫绘的三圣图。

圣谢尔盖的遗体就在神壁下的棺木中。导游说，600 多年了，这尸身还完好。进入的俄罗斯人，都默默走上前去画十字祷告，还有人跪在地上吻起那个圣椟的边缘……

走入的一个大斋堂，里面许多构件是用金子制成的，金的门，金的壁画，金的圣像，金的烛台，真金光闪闪地让人感叹。

我们小团除我外还有 LG、WH、XE，自由活动时 4 人总是在一起的。院中有个漂亮亭子，蓝白相间的圆柱撑起了半球状穹顶。亭中金色圆球下的碗状水池里，十字形的喷头正在流出清水。据说，那是圣水，能治病。许多人立于那里接水，WH、XE 也去舀了点醒脑……

对于这座异国宗教圣地，4 人总处于新鲜与陌生中。没有佛像站立，没有香烟缭绕，不见黄色寺墙，不见飞檐戗角，听到的故事似乎也难记住……

一簇黄绿相间的树木亮丽极了，我以手势招来一位俄国男孩帮按相机快门。4 人合照毕，我道"哈拉沙"（好），男孩笑着点头，我又说"斯巴斯巴"（谢谢），男孩腼腆着要紧跑回同伴之中……

2

游览谢镇后，全团 40 余人就在临近的一家俄式餐厅用餐。俄式简餐简单，主食为枕头面包加切片面包，附加一些佐料及土豆、肉条。村姑打扮的俄罗斯服务姑娘在餐厅里来往穿梭。没有多少胃口，众人都说这俄餐真是饿餐。不过，于那地用餐，环境清幽，屋外树木色彩斑斓，倒也体现着了俄罗斯的郊外分光。

午餐后，大巴车返回莫斯科。回程是周末下午，市内的车正往郊外涌，显得更挤。一路堵车，回程一半就花了一个半小时，这莫斯科啊确是个堵城。

大巴车到达莫斯科市中心一个停车场停下。大家跟随杨导一路走去，路过莫斯科大剧院，看到朱可夫元帅雕像，又路过无名烈士墓，临傍晚时走上了那片向往已久的红场。

红场是西北至东南向的，我们从西北街口进入。红场古朴、宽广，听说都先用长长的石桩打下后再铺成的。浅黑的路石表面呈长方形状，与人的穿鞋差不多长度，每块虽不光滑，踏着却十分地坚实。

红场在当年是革命圣地。9.1万平方米的红场，现今是俄罗斯举行大型庆典及阅兵活动的场所。踏步红场，原有情愫犹在，如今身临了，对着这似曾相识，我的心里还真激荡了起来。

天色尚亮，导游小杨就把红场周边的喀山大教堂、列宁墓、克里姆林宫、圣瓦西里大教堂，还有俄罗斯国家百货商场作了介绍。讲毕，她规定集合时间和地点后，就让大家分散游览。

我们小团4人就在场上逛了起来，一边欣赏周边雄伟、美丽的建筑，一边抓紧相互照相。

喀山大教堂坐落于西北面，像是红场的左屏风一样竖立着。红场西侧，克里姆林宫宫墙中间位置，是伟人列宁的陵墓。陵墓用赭红色石料叠成，方正的平台逐一收起，顶部略高于红墙，正上方褐色花岗石上镌刻着列宁的俄文名字。

夜幕降临，随红场上灯光亮起，四周的建筑物变得更是灵动起来。东北侧国家百货商场的轮廓和窗框闪起的霓虹灯光，让近侧的场面泛起了一片闪光；西南方的有"用石头描绘的童话"之称的圣瓦西里大教堂的几个圆顶高高耸起，外立面墙上的缤纷色彩散出了迷离之光。泛光灯下的红墙更显雄壮，沿墙一排雪松就像威武的卫兵挺立在那里，绿色尖塔

顶上的几颗红星正于夜空中不断闪光……

宫墙内塔楼上的钟声一次次响起，合着这清越之声，我们随红场上的众人一起转悠……

红场的夜景美艳极了！

3

是晚，从莫斯科坐软卧火车去圣彼得堡（以前称列宁格勒）。奇怪的是这个站不叫莫斯科火车站。照俄罗斯人的思维方式，是按火车开往的城市名来给这个车站命名的。这样莫斯科开往圣彼得堡的火车站就叫了"列宁格勒火车站"。

这火车站很小，底层为售票厅，二层是候车厅兼商场。候车厅陈旧，流浪者亦能随便出入。厅内座位少，我们4人站站坐坐等了1个多小时，开车前几分钟，领队带我们一转弯就到了月台。那里乘火车不用排队检票，车票实行实名制，上车时由列车员查验即可。

9个小时后至圣彼得堡的莫斯科火车站，看得出这列车及车站设施仅国内二十世纪八九十年代的水平。全团人踏上大巴，需行40分钟，才能到达酒店。车先行高速公路，又行普通公路。路旁有成片的树林，有的是我看得出的白桦树，还有许多是松树和枫树。俄罗斯土地广袤，树木覆盖率极高。

车窗外流动着一幅黄绿错综的画卷，圣彼得堡的初冬郊外有着别样的景致。

"好好欣赏吧，窗外多美！不用多久这里就将冰天雪地。这次你们真是选上了一个最好的时段！"来自国内的东北男导游小孙指向窗外得意地向着大家解释。我们4人，都会意地笑了。那是彼此清楚，这时段我们其实是撞上的……

夏宫花园里，依托典雅壮丽的大宫殿，被称作大瀑布的喷泉群摆开了宏大的阵势。那里有几十座金色大雕像，一百多个小雕像，还有许多潜浮雕。一个圆形水池的中央，随着众多的喷泉喷玉吐珠，于一片水声潺潺中，那地方形成的水雾迷茫区域呈现了无数的彩虹翻飞。

一切是和谐、安宁的，依着连廊欣赏，谁都会被这样的奇趣吸引。我们4人转悠在那里，为能赶上当年度夏宫花园喷泉放水的最后几天而庆幸。为表达对俄罗斯沙皇彼得大帝时期的能工巧匠的钦佩，彼此间就以频频照相来留存记忆。

走过舒展的草坪，沿那条直通海岸的路堤西行，一路看去树木叶子渐近枯萎，均被棕黄色主宰。左侧的一片白桦林吸人眼球，高大的躯干直伸于天，枝干上挂着黄绿交替的树叶。树间的落叶是灵动的，不时随风飘起，似蝴蝶样翩翩而下，散至地坪、路道均匀地分布。

往北再走，就到波罗的海的芬兰湾海岸。地处北欧，寒风袭来让人有了瑟缩之感，但那里给人的一种淳真的自然美，仍是流连忘返的。呈现出金黄色彩的宽厚林带，沿着俄罗斯一侧的南北岸线延伸。它们傲然地与散落岸边的护石一起，正迎接着那些深暗色的大浪接连不断地拍击。

在美丽的芬兰湾，我们看林带、看海浪，也往西北远眺。隐约能见的工厂和树木，后来才知仍属于俄罗斯的，那个"千湖之国"的芬兰还要在西北方的茫茫尽头……

我与 WH、XE 回到酒店，瞥见大厅一侧沙发上，坐着一位俄国女郎。她一甩金发，回头莞尔地笑着。

进房间后，先行的 LG 神秘地告诉我，在过大厅时，那位漂亮的金发女郎曾用生硬的汉语问过他，要不要服务？有健康证，人民币 500……

4

大巴于涅瓦河边停妥，穿过 3 道拱形铁门，我们就进入气势雄伟的冬宫。此宫名字，连同十月革命进攻冬宫之事，我于孩提时代就已知悉。为此，我进冬宫似有一种如愿以偿的感觉。

冬宫又称俄罗斯国立艾尔米塔什博物馆，与我参观过的巴黎卢浮宫一样，同为世界四大博物馆之一。这是圣彼得堡的标志性建筑，又是 18 世纪中叶俄国巴洛克建筑艺术最伟大的纪念物。

这座当年俄国沙皇的皇宫，外表优雅，内部豪华。我们戴上了汉语翻译机后，跟上导游逐一参观。导游小孙说，整个博物馆约有 350 处开放的展厅，走完全程要有 22 公里。大家要紧跟着，否则会迷路。

果然，我们一路参观，转了许多弯，进了无数门，上下不少扶梯。虽是进部分展厅走马观花，但于这厅廊相通、甬道转折中一气呵成观看，已让人有了疲于奔命之感。

冬宫内珍玩收藏丰富。初步了解，所设之馆就有西欧艺术馆、东方艺术馆、远东艺术博物馆等。西欧艺术馆设了 120 处展厅，主要是文艺复兴时期的绘画、素描、雕塑。达·芬奇，流传至今的油画总计不过十幅，那里就陈列了两幅，米开朗基罗的雕塑作品《蜷缩成一团的小男孩》也在那里展出。在这些为人熟知者的名作前，是最为人头簇拥的。还有许许多多其他珍品，几乎是团内游人都不熟悉的。

忽然想到此馆中，藏有一座清代苏州工匠铸造的铜香炉，于是提醒4人留意此一家乡之物。然而，茫茫博海，在1.5小时待馆的时间，哪能找到？

冬宫博物馆内色彩缤纷、气势堂皇，这么多的展品是绝对让人看不过来，是难以记得住的。

　　下午，全团上了涅瓦河游船。船上的演出人员，合着音乐欢唱着迎接我们。舱内每张桌上都放着小吃和水果，还有香槟和伏特加酒。背景挂着中俄两国国旗，横幅写上"中国和俄罗斯是永远的朋友"中文字体。

　　趁音乐声稍停，我们小团4人上到这条船的顶层平台上，欣赏起两岸美丽风光。河面挺宽，水势浩荡，波浪从北面推来，游船先迎风驶，船尾上撑起的3色国旗猎猎飘响。

　　不久，底舱内表演开始，我们又被吸引到了下层。演出仅有5人，都身穿仿制的苏联红军服装。两位年长的拉琴、拨弦，另外年轻的两女一男则尽情唱歌、跳舞。

　　这个瘦小伙特灵活，能边唱边敲打击乐器，还能带上杂技动作转体；那位带着稚气的姑娘也很机敏，跳出的俄罗斯舞蹈充满青春活力……

　　此时，窗外水声呼呼，舱内热热烈烈。我们边吃、边喝，观看演出。一曲用中文演唱的《我爱北京天安门》更是将气氛推向高潮，观众间出现了欢腾。

　　临近入海口，演出暂停。我们又到船顶赏景、拍照。圣彼得堡素有"北方威尼斯"之称，涅瓦河为它的母亲河，河的一头就连着波罗的海的芬兰湾。

　　一座雄伟的斜拉桥扼踞入海口，桥外波涛汹涌，右侧桥坡近处就是那座似被锅底盖住的比赛场馆。游船回程时，

大家见到了为十月革命发出一声炮响的阿芙乐尔号巡洋舰。
趁游船调头靠近那艘灰色舰体，我们要紧以相机和手机进行
拍摄……

5

又一夜软卧火车，全团人自圣彼得堡重回莫斯科。

早餐后，导游小杨带我们去参观莫斯科地铁车站。听到
此地铁是苏联时的 1935 年开始建造的，真让人不可想象。介
绍说莫斯科地铁有 300 公里长，有 150 个站台，是世界上最
大的地铁网。

那个地铁站很深，站电梯转了一阵才到底部。站台四周虽不再现代，但都以各色大理石镶嵌其他材料贴面，加上壁画、浮雕、雕刻、塑像，配上各种别致灯饰，实是华丽典雅。

莫斯科地铁享有"地下的艺术殿堂"之称，许多铜制塑像都已被人捏得闪光发亮……

地铁运行间隔很短，车速极快。列车与月台间没有隔离物，人们候车守秩序，显得文明、安全……

上午 10 时后，全团人进克里姆林宫。大家挺激动，这从红墙外等候时各自显出的好奇心上就能看出。

经安检，穿西墙中一个塔楼，又走一段斜坡，我们才到里边。克里姆林宫是一组建筑群。踏上灰白的石板路面，我们向西走去，那里是俄罗斯联邦的象征、总统府的所在地，一切显得神秘。

长着套娃般身材的俄罗斯大妈微笑着在前引领。小杨自顾介绍一路所经：那座大理石和玻璃结构的现代建筑是克里姆林宫大会堂，于 1961 年建成，是俄罗斯举行重要会议、节日庆典和颁奖授勋的地方，也是民众欣赏芭蕾舞、聆听音乐会和观看时装表演的场所；对面为古兵工厂，今为武器博物馆，门外陈列着当年俄法战争时用过的大炮……

稍停，她指向西北那幢有三排高窗的漂亮建筑说，那就是大克里姆林宫，外观为仿古典俄罗斯式。整幢建筑呈长方

形，有 700 个厅室，屋顶有高出主建筑物的紫铜圆顶，上面的旗杆上节假日升起国旗……那里原为沙皇宫室，现是俄罗斯总统办公地。普京总统就在 2 楼第 2 个窗内办公，这时他正在看着我们团队的全体人员！一句调皮话，把大家逗得都笑了起来……

接着，向北转到中央教堂广场。那里被十二使徒教堂、圣母升天教堂、天使报喜教堂及圣弥额尔教堂所围绕。听完小杨的讲解，我们便自行参观起来。这些教堂都很壮观，圣母升天教堂的 5 个圆顶金光闪闪，沙皇曾在那里举行过加冕典礼，大文豪列夫·托尔斯泰也就是在这个教堂被逐出教门的。偏南的天使大教堂是彼得大帝以前莫斯科历代帝王的墓地……

我们看了那里重达 40 吨的"炮王"和 200 吨的"钟王",还看到了总统的直升飞机停机坪……

伊凡大帝钟楼敲响了 11 下钟声,我们匆匆举步,要紧着对周边景观拍照。站到规定的线段外,我对着那座黄白相间的总统府照相次数是最多的。就在我们轮流频频按动快门间,那位站立近处的俄罗斯警察在不时地注视着……

离开克里姆林宫,大巴车载我们绕红墙南侧依莫斯科河西行,右侧的朱红宫墙、尖耸的楼塔正向身后离去。瞬间,又见到左侧那条清澈的莫斯科河流旁,有几位中年男女正举着杏黄条旗、胸挂俄文字牌挺立在走道上。我问小杨,回答说,这是俄罗斯民众正在支持硬汉普京再次当选……

于 2017 年 12 月

微笑佛国 神奇缅甸

缅甸对我来说是神奇的，还有些不可捉摸。

2019 年 9 月去那里一游，我才有了点认知。

1

乘缅甸航班到达曼德勒，夜已深，入住吉祥宾馆。

次日，早餐毕，我浏览了这个下榻处。这一处，说是星级宾馆，实为当地华人开的普通旅馆，不过服务态度倒是挺好的。

大堂内挂有茉莉花串，香味缭绕。老板有 50 余岁，一个瘦削男子，与进出的人不停地打着招呼。因是语言相通，我与 CH 友与他交谈了起来。

他说原籍云南腾冲，姓陈，为第三代赴缅华人，是两年前租楼开出宾馆的。

我问他生意如何。他听到后便兴奋起来："缅甸国去年10月对外开放旅游后，来了许多祖国的游客，生意一下子好了起来。"

"来自中国的游客很多，我是华人么，我这里就定为了接待点。不过，这店还小，每次接待不能超过30人。"见我俩正认真听着，他停一下又说，"希望缅中两国一直友好，祖国的亲人不断前来游览。"

9时要发车去游览第一个景点。我俩与陈老板告辞，他给了我俩各人一串茉莉花。

这串茉莉花挂在颈上，那香味在鼻间围绕了好久好久。

第一个景点，去马哈伽纳扬僧院领略千人僧饭。车停在东塔曼湖边上。往里走，两边全是摊贩，乱糟糟的，树木也杂乱。烈日炙烤大地，周边散出蒙蒙的尘埃。

跟导游走过七弯八曲的路，10点钟前站到了寺庙的中心走道上。走道位于生活区，有并开两辆车的宽度。站在两侧隔离带后面的好几层游客几乎全是中国人，形成了几百米长的夹道观看队伍。

热浪扑来，众人簇拥，显得更热。幸亏走道两侧长有茂盛的树木，大家才能忍热稍安。

当游人还在挤找位置时，两条僧人队伍便在北头出现了。走来的僧人均为光头、赤脚，拿着餐具。成年僧人穿棕

红色僧衣，年幼僧人穿白色僧衣。一左一右两队僧人几乎都是目不斜视，都无声无息地走出不紧不慢的步子。

僧人鱼贯而行，在人们的面前通过。场面壮观，在国内是看不到这么多僧人聚集，有次序地列队行走的。游人极兴奋，觉得到佛国真是开了眼界。

于是，多数人打开挎包，拿出自己的化缘物品。布施的都是国内带去的包装食品，也有用人民币、缅币的。僧队前行，一路受施，好在缅甸僧人荤素都用。人们最想给的，是那些让人同情的小僧人。最小的看上去还不满 10 岁年纪，伸着一个光光头，闪起晶亮亮的黑眼珠。那些小僧人的餐具是较大的圆形饭锅，像是特意准备的。一路走来，这些两手合

抱在胸前的饭锅，大都会装满的。有几个小僧人正边走边看
眼前的布施品，似乎对着一个个看不懂的中文字在思索：这
包着的是啥？好吃吗？没见过……

向一位小僧人施了两张缅币后，我就抓紧照相。我把相
机举得高高的，总想把眼前的这些镜头摄下……

就在大家看得来劲时，两队长长的僧队，还是进入了设
有走廊的饭堂。从窗户和大门望入，里面长条桌摆得齐整，
穿棕红色僧衣和穿白色僧衣的人，分别坐开。用餐人极多，
但始终很有秩序……

缅甸是个佛教国家，全国人口近5500万，僧侣总数约
50万。现今全缅佛教寺庙超5000所，分教书、传经、修
炼寺庙以及专供女性出家的尼姑庙四类。在缅甸还有着超过
200所寺庙学校，其中最著名的便是位于第一大城市仰光和
第二大城市曼德勒的两所国立佛教大学。

这所马哈伽纳扬僧院就是缅甸最大的僧院、最大的佛教
大学，有接近2000人在里面修行、学习。

2

曼德勒去内比都要有4、5小时车程。内比都是新首都，
缅甸第三大城市，坐落在两条山脉之间的狭长地带，曾是缅
甸民族英雄昂山将军发动独立战争的大本营。

内比都，中文意为京城，2005 年迁入，土地是仰光的 6 倍，人口 52 万，但这个新城至今似乎还是个空城。

车子沿缅甸唯一高速公路往南行驶。此路来去两车道，路面有坡度，隔离现空缺，未见立交，交叉处仅是有条岔路。在我看来，这路远不及国内的一级公路。

车辆前行，行速并不快。一路车辆极少，在很长时间中，只能看到过来的车道上行来几辆车。车行异国，大家都好奇地观赏车外。抬头望是天蓝、云白，前后尽见树木，且都为自然生长的。缅甸国土大都被绿树覆盖，村子掩在绿丛里，倒是能不断见到高高伸起的金色佛塔。这些佛塔顶尖尖的，伸向空中，极为显眼。

在缅甸，看见佛塔就有寺庙，据说无论多穷的村子，都会有一座寺庙的。这寺庙是村上青年男女举行婚礼的礼堂，也是当地村民商议大事的场所和举办宗教仪式、开展传统活动的地方。缅甸被称佛教之国，这真是名实相副。

到内比都，大金塔是必看的。此塔又称内比都和平塔，是 2009 年依照仰光世界和平塔仿造的。塔虽不及仰光和平塔久负盛名，但内比都大金塔却要比它高出 100 米。

一出旅游车，就是烈日当头，我感到外面可是热辣辣地灼人。想起导游车上所说，缅甸全年都热，只分热、很热、特别热三个季节。当时属于很热天气，温度都在 35 度以上。

这一感觉，才知这次游缅选的真不是最好时间。

在缅甸入寺庙按规定都得脱鞋，女士还必须穿长裤长裙。如此高温天气下，光脚踏上磨光石板走向大金塔，那脚底的疼啊，使每个人都嘘嘘地叫了起来。

内比都大金塔塔基高，内部空敞，四周洞开，进入后让人即刻有了凉快感。

佛塔内结构简单，一尊舍利供奉当中，中间巨柱四面分置四尊佛像。为保护该建筑，如今这塔已经不让登临。

一批批缅甸妇女在顶礼膜拜，佛像并不大，但还是带上了神奇和威仪的。

依柱绕转，我沿着素白的墙壁观看布满的浮雕壁画。这些雕画的内容都由佛祖成佛及其他佛教故事构成，其内容复杂，这对于我们这些行色匆匆的旅游者来说是无法探究的。

我与CH友步出南塔门，至塔基照相。塔基平面居高临下，于灼灼阳光下似在冒烟。走向塔基台阶，我与CH友都受罪似的忍受着脚底的钻心疼痛……

大金塔的塔尖高高伸入空中，强光普照，贴金的塔身灿灿地炫光。避着刺眼光照，我俩于南北两边台阶处，用照相机让这个内比都地标与自己的身影多次地合在了一起……

大金塔的北面，沿台阶而下便是白象园。白象在当地被视为神圣之物，说是生活在皇家白象园，有荷枪实弹的士兵看着，是绝对不许照相的。未见时，我还以为是何等新奇异物。当面看到后，才知这三头白象都脏兮兮的，并非是纯白色。原来，在缅甸，只要不是黑色之身的，全被称作为白象……

这晚上在一家较大宾馆住宿。该宾馆有露天游池，池水蓝莹莹的，周边有一排高大椰树点缀。池的一头设健身房，器材倒不少，当时已无人管理。这房和池，我都体验了。一同游泳没几个人，静静的，感觉挺好。

3

蒲甘的佛塔散落广，在那里坐马车游逛，是个好选择。

这些马车两轮很高，车身是彩色的，上有遮阳拱顶，每辆有编号。全团人两人一辆，坐上安排好的十几辆车，鱼贯而进。顺着在树荫下转弯延伸的沙石路面，马蹄挥动，车轮前滚，搅得路上尘土飞扬。我与 CH 友要紧戴起导游事先给的口罩，那位黝黑的车夫却并不在意。

一路尽见树木，枝叶茂盛，撑得很开，都是自然状生长的。佛塔掩映树丛，时隐时现。两人一路欣赏，我还频频照相。

拐了弯，上泥路，路面露出了两条不浅的车轮凹痕。那匹棕色悍马，把两个轮子拉得左右倾斜，车身随即颠簸起来。车夫回头示意抓住车把，我俩会意后报以微笑。

马车在一处佛塔集聚的空地间，作了第一次停留。我下车举目四望，只见佛塔遍地静静耸立，远近高低地掩映在葱郁的树丛间。此时我感觉，身后的路，塔间的树，地上的草，似乎都处在迷幻中，此种情景，与眼前无尽的赭褐色、苍茫的神秘塔群恰是十分般配、融和的……

马车又颠簸了一阵，到了第二个停留点。那块空地四周全是佛塔，稍远的、更远的也有许多佛塔。举目所及，茫茫树林间，这里伸个尖，那里露出身，层层叠叠，相互呼应，于阳光下、林雾间，向天边延展……

蒲甘的佛塔现在还剩两千多座，缅甸能得到"千塔之国"的称号，亦主要体现于此。

据说那里的信徒一有积蓄，就会去建一座佛塔，把自己及一家人的名字刻在里面，以求得到佛的保护。

我在这处大气的佛教文化遗址照了许多相。我与 CH 友靠着那辆马车，还邀请憨厚的车夫一起摄入了镜头。那个被阳光照得黝黑、油亮的车夫好开心，直笑着伸出手臂与我俩比起了肤色……

临晚，去参观被称为蒲甘第一塔的瑞喜宫塔。

这是蒲甘最古老的寺庙，主建筑瑞喜宫塔全以石头堆起，四周有着几十尊高大的动物雕塑。塔座有 4、5 层高，佛塔总高 40 多米，极壮观。

赤脚入景区，踏上光滑石板道，感觉还是蛮烫的。

我们在塔周兜上一小圈，灯光就亮了。这座全以金箔镶贴的佛塔，泛光灯下金光闪闪的样子，已是让人看得眼花缭乱。塔尖一块大宝石，在灯光照射下闪光，伸入黑色的夜空，正异常灵动地闪烁……

佛塔前有个小石潭，水不多，深深的，一些虔诚者正跪着观看佛塔那个光亮倒影。

光脚走在石板上，此时已不再烫脚。于光亮亮的大小佛塔间转悠，谁都会感觉这座宗教之城是神奇的。

是晚，在船厅用餐。东侧廊下的依洛瓦底江水正淙淙流动，近处灯光下，蓝紫色的波纹在不断晃荡。

餐厅摆上圆桌，几个围着"隆基"（缅甸男性围腰的裙子）的缅甸男子，正用大竹匾为每桌端上孔雀菜。竹匾前制有一个蓝色孔雀头，四边铺着嫩绿菜叶，中间夹色堆放主食米饭、玉米、紫山芋以及鸡块、蛋皮、小鱼、蔬菜等菜肴。听介绍说，此为当地民族风俗，为招待贵客而用。

用餐时，几位身穿姜黄色上衣，围着各色"特敏"（缅甸女性腰间的长裙）的缅甸姑娘，在席间走动伺候。她们脸涂浅黄色"德纳卡"（以黄香楝树磨成粉，涂抹防晒），说着"鸣咯拉巴"（缅语你好），满脸堆笑。缅甸是个微笑国家，在此处有了体验。

4

汽车行驶在内比都至曼德勒的公路上。

缅时 8 点 40 分（比北京时间慢 1 小时 30 分钟），亚莉导游正在介绍金三角时，突然手机急促响起。她一接听，才知同行 3 辆车中，有辆车抛锚在途中。

"救人，救人！"胖乎乎的亚莉拿起话筒叫过，又直面全体人员大呼，"我们都是中国人，不能不帮助他们！"

她对大家说，现在这辆车正坏在半路上，要叫曼德勒来车救，车上21人就得站路边等4小时，而我们的车去救会快得多。现在另一辆车，已掉头回去救了。

她又对向大家问："大家同意不同意回车去救他们？"

"同意，同意——"车内回答一致。于是，司机就掉头回车救人。

亚莉告诉大家，缅甸旅游业2018年10月才开放，旅游车都是进的二手车。一起安排的3辆车，都是进的中国二手宇通车。大家运气好，我们坐的这辆车还没有坏过。抛锚的那辆车，在这几天中，已经是第二次坏了。没办法，缅甸就这国情……

等我们的车到，另一辆车已经在前到达。见又一辆救车到，在树底下被热浪烤得满头是汗的21位旅友，高兴得叫了起来。21人分两车带走，10个旅友上我们的车。当他们拉着大包小包登上我们车时，都不住地说着"谢谢、谢谢"！

亚莉导游手持话筒说："我们都是中国人，不能不帮助你们！"车上的人，霎时响起了热烈的掌声。

一时间，车上的几个空位，还有走廊里都挤满了人和行李。车厢里人多了，气氛却更热烈。车前的电子屏上，打出的温度是28度……

曼德勒是缅甸很有历史的古都。依洛瓦底江就在它的身旁，许多游览景点就分布在江的东西两侧。

那天，去江东游览景点，我才真正接触起这条缅甸人的母亲河。

这条江南北纵贯缅甸全境，部分源头在我国境内，是几江汇合后往南流入的。江边停着大小木船，许多简陋的住棚搭在大小不一的树木间。站于江边浑黄的水里，两个男子在张网捉鱼，几个瘦男孩站立岸头痴痴地张望，他们都是赤膊围着一条深色的旧"隆基"的。强烈的太阳光照，把他们晒成了赭黑色，除眼球白亮外，其皮肤差不多与非洲的黑色人种已相差无几。几个妇女，坐在水中洗衣，黄水浸超过腹部，两只手只管搓啊漂的。待衣服洗完后，一个妇女便顺手抓起一点沙泥，放上手指，伸进嘴里刷起牙来……

我们团24人走上一条挂机船。我与CH友坐到了船顶平台。平台摆上十几个座位，椅凳杂乱，两边有护栏，头顶张着双层黑色防晒网。

江宽，水急，挂机船顺着依洛瓦底江水流朝南而行。江面上偶有小机船驶过，机声由近及远。

东边罗列着一条隐隐的青山，西边也有零星小山头散落。沿江岸边长满葱郁的树木，树间不时能看到有金色的佛塔尖顶在闪光。

瘦黑的中年船老大自顾稳稳地掌舵。那个肥胖的女主人，铺开身子躺在靠椅上，颈上、手上戴着粗大的黄金首饰。他们的可爱小女孩无言无语，自在躺棚下玩耍。我们间，除了在上下船时，大家做些点头微笑外，彼此语言不通是没有什么交流的。

坐于船顶平台视野开阔，蓝天飘白云，江水泛白沫，尽收眼底。暑热还盛，江风、水汽扑来，倒是为大家作了点降温。

靠在坐椅，我感觉神清目爽。依洛瓦底江长流不息，它的许多水源自中国，身在异国他乡，能依托祖国而来的载体前行，让我欣慰、自豪……

5

乌本桥是缅甸著名景点。桥长 1200 余米，南北架在东塔曼湖上，初看只是座旧木桥。这座桥建于 1851 年，由 1086 根实心柚木构成。这些建桥木材全部来自拆迁的阿瓦王宫，而柚木还是缅甸的国树。

1851 年，在缅甸最后一个王朝的敏东王时期，为方便两岸出行，当局搭建了这座桥。

乌本桥是座裸露的平桥，没有栏杆。许多人都到那里看桥，于 2 米左右宽的木条铺设的桥面上来来往往，没有人维持秩序，人多时真是有掉湖危险的。

那天下午，我们全团人去那里游览，我与 CH 友走上了这座桥。一上桥，看到左右两侧蜷坐着许多乞讨人。这些人个个衣衫褴褛，大都是手脚残缺、眼睛瞎掉、脚烂肿胀的。见到的一位无腿脚、无手臂之人，凭一段身子竖在那里点头求人，真可怜极了。我与 CH 友，以及团内的大多数人都往他的脸盆中放进了钱币。

来往的游人都靠向右侧行进，接连不断，男女老少中多数是中国人。千余根桥柱高高低低地竖于两侧，这些乌黑黑的古柚木有的已经绽出裂缝，许多桥柱的内侧留下了一些缅文和中文涂鸦。

人们小心地扶着桥柱观景，靠近桥柱照相，背景是人流和划动的行船。

乌本桥的桥头、桥中和桥尾设有 6 只亭子，体现着佛教的"六和精神"。一路行进，我与 CH 友到了第 3 只亭，互相照相后，两人就坐在亭中歇息。东塔曼湖是个季节性湖泊，湖面不大，能望对岸，是串在依洛瓦底江支流上的。湖水未遭污染，漂浮着许多水葫芦，有渔民架着小船在张网、捕鱼。此湖位处景点，可惜还没得到很好开发。

亭边不时有情侣经过，亦有勾肩搭背的，然而尽情还不到时点，因为他们本就冲着乌本桥这座"爱情桥"而来的。

在缅甸，相传这乌本桥是有着一段爱情故事的。那年，有位仙女下凡来到乌本桥头，巧遇上缅甸曼德勒王子。当时，仙女美丽，王子英俊，加之乌本桥景天庭、人间少见，面对

着天地相合，情景交融，两人很快坠入了情网……

后来，这座乌本桥便变成了他俩幽会的地方。

以此缘故，许多缅甸情侣，常会不远而来，走上乌本桥，山盟海誓，牵手而过。据说，这样做后，会使他们婚后幸福，永不分离……

乌本桥头两侧的湖滩边，有租用手划游船服务。这种小木船两头尖翘，色彩鲜艳，一条能坐四五人。船主人一划双桨，船身就能灵动而行。租船者，不只为水上看桥加深游湖体验，更为能在黄昏时分，于乌本桥周水面获得最佳观赏落日地点。

导游描述，到那时分，游人悠坐船上，静静地看着天空由淡粉色渐渐变为深红色，直至最后一缕夕光慢慢消失……据说那里还被说成"世界十大最美落日地"，这唯美的景象让人看后，都会感到不虚此行的。而我们，限于行程，却无缘欣赏。

离开乌本桥去停车场，要走一段商业街。一条弯道两侧分布着不少商铺和摊贩，卖的是吃食、饮料和工艺品之类。道边树木高大，茂密的枝叶任意伸展，道路的大部已被遮蔽。

许多黑瘦的孩子一直在人群里随意穿行，男孩，女孩，眼睛亮亮的。他们伸手向你要钱，稍不注意那手还会伸进你的背包里。

停车场很乱，地面硬软结合，无人管理。抬头看，蓝天白云，低头见，尘土飞扬……

6

最后一个下午，领队把时间花在了购物上。先进翡翠公盘，那里销售翡翠、玉石。

中国游客铺满了商场，每人兜来兜去地欣赏。一个个年轻的华裔营业员，都在竭力地推销那些特色物品。

我们团中有人买挂件或手镯，喜欢收藏的 CH 友也挑中一块挂件买了。我与大多数旅友一样，只是来回观看磨辰光……

进门大厅的货盘上，堆着大小不一的玉器原石。受好奇心和碰运气驱动，还是有人会挑选赌一赌的。

半头白发，比他妻子矮出半头，来自马鞍山的黄先生，就是在眼镜底下，不停地挑啊挑的。挑中了一块 1200 元的原石后，他双手捧着，怀上期望走向开料间。

原石在开料，这位 66 岁的老先生和夫人，坐于一旁，等待好时运到来。十几分钟后，原石被剖开，开料员擦清剖面一看，未假思索就说，这块原石不成材。不过，见黄家夫妇扫兴，他还是对着石面左看右看后补充说，这似乎像幅山水画，可以做个摆件。

夫人听后说，叫你不要赌，偏赌！

拿回去，做纪念——黄先生蛮洒脱，爽快地把这块沉重的赌石塞进了大挎包……

旅游车转一圈，再进乳胶睡眠体验馆。先于清凉休息室，听名叫杨伟的帅哥做介绍。杨伟从国内过去搞推销，一副好口才，把缅甸乳胶产品的物美价廉说得让人信服。他说，东南亚各国都种橡胶树。缅甸的橡胶树是在金三角毁掉罂粟树后新种的，树满 10 年，所产的乳胶最环保、最具生命力。这里的乳胶产品是引进加拿大全套技术和设备生产的，质量完全保证……

随后，大家进入大厅体验。里面放满了各种乳胶产品，主要是床垫、枕头和床被。杨伟和一批华人女营业员，一直于我们几车旅友中穿行。不断地介绍，叫我们试睡体验，耐心地回答询问。

杨伟告之，这企业是军人机构设立的，销售对象主要是中国游客。他又对我们示意说，像站门口见人喊"呜咯拉巴"的妇女，28 岁，3 个孩子；搞卫生的那个大嫂，32 岁，6 个孩子。这产品，缅甸一般民众是不可能消费的……

经体验，拗不过他们缠绕，我们团的旅友买了几套乳胶产品。我与 CH 友也各买一套乳胶床垫和枕头。

趁打包时间，一位自报来自海南的姑娘与我热聊起来。

她直爽地说："我是找我的叔叔过来的。那时我也不懂，现在才觉得这里并不好——"

我说："现在，海南和整个中国要比这里强多了……"

"是的，我真懊悔，可是回不去了……"她带着惋惜。

稍停，她又自语地说："要么嫁回去——"

"好啊，那就嫁回去——凭你这长相，托老家亲戚介绍男朋友，能成！"

姑娘俊俏的脸上，立刻露出幸福笑意……

曼德勒机场小，一天没几个航班，人流量极少。拿到机票把行李托运好，过安检后，我顺利出关。然我身后的 CH

友被截了下来。原因是他买有贵重玉器挂件，缅甸边警要求出示报关单。

"我的报关单放到托运箱里了……"CH 友的回答是领队吩咐过的。

"那叫你们领队过来！"边警以一口汉语要求，再说也白搭。

我去托运处叫来领队。褚领队是个中年女性，长跑缅甸线路。她找到一位酱油脸色的边警头交涉无果后，很快就摸出两张百元人民币通融。待边警头理所当然地收好钱后，缅边警随即就放 CH 友过了关。

我与一旁的旅友看后都在暗笑，这缅甸，真是花钱就能过关的……

6 日缅甸游，让我有了点认知。那里尚不如意，要做的事情甚多。

如今缅甸建设中缅经济走廊，将会进入发展新阶段。这个与我国比邻而居的国家也一定会好起来的。

于 2019 年 10 月